中/华/少/年/信/仰/教/育/读/本

红 日

中华少年信仰教育读本编写委员会 / 编著

信仰创造英雄　信仰照亮人生

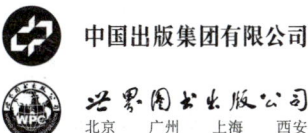

中国出版集团有限公司

世界图书出版公司
北京　广州　上海　西安

图书在版编目（CIP）数据

红日 / 中华少年信仰教育读本编写委员会编著. —北京：世界图书出版公司，2016.5（2024.5重印）

ISBN 978-7-5192-0857-8

Ⅰ.①红… Ⅱ.①中… Ⅲ.①革命故事—作品集—中国—当代 Ⅳ.① I247.8

中国版本图书馆 CIP 数据核字（2016）第 049492 号

书　名	红日 HONGRI
编　著	中华少年信仰教育读本编写委员会
总策划	吴　迪
责任编辑	尹天怡
特约编辑	金敬梅
出版发行	世界图书出版有限公司北京分公司
地　址	北京市东城区朝内大街 137 号
邮　编	100010
电　话	010-64033507（总编室）　（售后）0431-80787855　13894825720
网　址	http://www.wpcbj.com.cn
邮　箱	wpcbjst@vip.163.com
销　售	新华书店及各大平台
印　刷	北京一鑫印务有限责任公司
开　本	165 mm×230 mm　1/16
印　张	11
字　数	143 千字
版　次	2016 年 8 月第 1 版
印　次	2024 年 5 月第 5 次印刷
国际书号	ISBN 978-7-5192-0857-8
定　价	45.00 元

版权所有　翻印必究

（如发现印装质量问题或侵权线索，请与所购图书销售部门联系或调换）

序　言

　　信仰是什么？

　　列夫·托尔斯泰说："信仰是人生的动力。"

　　诗人惠特曼说："没有信仰，则没有名副其实的品行和生命；没有信仰，则没有名副其实的国土。"

　　信仰主要是指人们对某种理论、学说、主义或宗教的极度尊崇和信服，并把它作为自己的精神寄托和行动的榜样或指南。信仰在心理上表现为对某种事物或目标的向往、仰慕和追求，在行为上表现为在这种精神力量的支配下去解释、改造自然界和人类社会。

　　信仰，是一个人在任何时候都不能丢的最宝贵的精神力量。人有信仰，才会有希望、有力量，才会树立正确的价值观，沿着正确的道路前行，而不至于在多元的价值观和纷繁复杂的世界中迷失方向。

　　信仰一旦形成，会对人类和社会产生长期的影响。青少年是社会的希望和未来的建设者，让他们从普适意识形成之初就接受良好的信仰教育，可以令信仰更具持久性和深刻性，可以使他们在未来立足于社会而不败，亦可以使我们的伟大祖国永远立于世界民族之林。

　　事实上，信仰教育绝不是抽象的、概念化的教育，现实生活中，我们有无数可以借鉴的素材，它们是具体的、形象的、有形的、活生生的，甚至是有血有肉的。我们中华民族有着几千年的辉煌历史，多少仁人志士只为追求真理、捍卫真理，赴汤蹈火，前仆后继；多少文人骚客只为争取心中的一方净土，只为渴求心灵的自由逍遥，甘于寂寞，成就美名；多少爱国志士只为一个"义"字，不惜抛头颅、洒热血。他们如滚滚长江中的朵朵浪花，翻滚激荡，生生不息，荡人心魄。如果我们能继承和发扬这些精神和信仰，用"道"约束自己的行为，用"德"指导人生的方向，那么我们的文明必将更加灿烂，我们的国运必将更加昌盛。

正基于此，"中华少年信仰教育读本系列丛书"应运而生。除上述内容外，本丛书还收录了中国人民百年来反对外来侵略和压迫，反抗腐朽统治，争取民族独立和解放，前赴后继，浴血奋斗的精神和业绩，尤其是中国共产党领导全国人民为建立新中国而英勇奋斗的崇高精神和光辉业绩；不仅有中国历史上涌现出的著名爱国者、民族英雄、革命先烈和杰出人物，还有新中国成立以后涌现出的许许多多的英雄模范人物。

阅读这套丛书，能帮助青少年树立自己人生的良好的偶像观，能帮助青少年从小立下伟大的志向，能帮助青少年培养最基本的向善心，能帮助青少年自觉调节自己的行为，能帮助青少年锁定努力的方向，能帮助青少年增加行动的信心和勇气。

习近平总书记说："人民有信仰，民族才有希望，国家才有力量。"因此我们有理由相信：少年有信仰，国家必有希望。

中华少年信仰教育读本编写委员会

目录

红　日 / 001
影片档案 / 001

荣誉成就 / 002

剧情故事 / 002

影评选粹 / 012

精彩回放 / 013

重庆谈判 / 014
影片档案 / 014

荣誉成就 / 015

影片史料 / 015

剧情故事 / 015

影评选粹 / 032

精彩回放 / 033

南征北战 / 034

影片档案 / 034

荣誉成就 / 035

剧情故事 / 035

影评选粹 / 048

精彩回放 / 049

大决战 / 050

影片档案 / 050

荣誉成就 / 051

剧情故事 / 051

影评选粹 / 083

精彩回放 / 084

兵临城下 / 085

影片档案 / 085

荣誉成就 / 086

剧情故事 / 086

影评选粹 / 099

精彩回放 / 099

智取华山 / 100

影片档案 / 100

荣誉成就 / 101

影片史料 / 101

剧情故事 / 102

影评选粹 / 116

精彩回放 / 117

渡江侦察记 / 118

影片档案 / 118

荣誉成就 / 119

影片史料 / 119

剧情故事 / 119

影评选粹 / 133

精彩回放 / 134

保密局的枪声 / 135

影片档案 / 135

荣誉成就 / 136

影片史料 / 136

剧情故事 / 136

影评选粹 / 149

精彩回放 / 149

建国大业 / 150

影片档案 / 150

荣誉成就 / 151

影片史料 / 151

剧情故事 / 152

影评选粹 / 167

精彩回放 / 168

红日

为报涟水仇,消灭七十四师!
——解放军将士如此表达自己的决心

影片档案

出品:上海天马电影制片厂
编剧:瞿白音
导演:汤晓丹
主演:张 伐　高 博　杨在葆

荣誉成就

该影片作为革命战争影片既有恢宏的气势,又有细腻的笔触,运用平行蒙太奇的手法塑造了鲜明而极富个性特征的银幕形象,是中国军事题材影片的优秀代表作品之一。

剧情故事

一

1946年,国民党反动派头子蒋介石撕毁了停战协定,公然向中共解放区大举进攻。在华东地区,国民党的"王牌"部队第七十四师在张灵甫的指挥下大肆进攻中共苏北解放区涟水城。此时的涟水城已陷入一片火海之中。

疯狂的敌军对阵地进行一阵炮轰后,在一名指挥官的带领下冲了过来,人民解放军沈振新部的战士们对其进行了顽强的抗击。坚守在涟水城下的五十八团连长石东根带领战士们已打退了敌人的好几次冲锋。

惨烈的战斗使国共双方都损失惨重。在这激烈的战斗中,五十八团团长不幸牺牲了。当副团长刘胜得知这个消息后,激愤地命令前沿战士:"狠狠地打,把敌人彻底消灭,给苏团长报仇!"

此时,猖狂的国民党军七十四师主力已突破了解放军的右翼防线,并有一部分已经进了城,沈振新的部队面临着被敌军包围的危险。就在军长沈振新焦灼万分的时候,正在总部开会的丁政委给他发来一份急电:为了整个战役的胜利,总部决定暂时放弃涟水城,北撤山东。

当五十八团副团长刘胜接到撤退的命令时,一时思想上接受不了,但还是坚决执行,他对团参谋说:"下达命令,6点钟撤出战斗。"

连长石东根也是打心眼里不愿意撤退,可是还有几分钟就到6点了,他强制自己冷静,接受上级安排:"命令各排,撤!"

6点整,部队开始撤退,许多群众也跟随部队一起撤走。几小时后,先头部队来到了杨家村头,简单休整过后,便又开始继续北撤。临走时,班长杨军的妻子阿菊要求参军和部队一起走,杨军拒绝她说:

"你还是留在家里,和大伙一起跟敌人斗!再说爹上了年纪,总得有人照应。我们一定会打回来的!"

在乡亲们恋恋不舍的送别下,人民解放军战士朝着前方大踏步前进。

解放军刚离开涟水城,国民党军就开了进来。国民党军七十四师师长张灵甫,穿着披风,趾高气扬地来到宝塔前,命令他的新闻处长为他拍照留念。黄旅长得意地说:"宝塔一定要拍进去,这是我们师长的记功碑呀!"

新闻处长谄媚地说:"师长,请您往上站一步,这样更可显出您的威风!"

随后,敌军师部大摆庆功宴。董耀宗收到他们头子蒋介石的来电，立刻向张灵甫报告："恭喜师座，委座传令嘉奖，说我们这一仗打得好，美国顾问团也表示满意。"众反动军官们听后，立刻举杯祝贺张灵甫。在一片奉承声中，张灵甫更加得意忘形了。

几天后，中国人民解放军沈振新部的战士在群众的热烈欢迎下，终于进驻山东地区。

在战斗的空隙，军部积极进行休整工作，并提升刘胜为五十八团团长，同时让陈坚做他的政委，以加强这个主力团的思想政治工作。当刘胜听说陈坚是个大学生，有些顾虑地说："知识分子说的是一套，做的是另一套，我们跟他们，难搞！"沈军长听了之后，严肃批评了他，并说："你们两个要合作，把队伍带好，仗打好，保持主力团的光荣。"

陈坚到了五十八团后，遵照上级指示加紧练兵，并随时了解战士的思想情况。他和战士们一起练习爬山、投弹，为胜利完成即将到来的战斗任务做好准备。经过一段时间的练兵，陈坚做了小结，他对战士们说："同志们！你们已经征服这些山了。我们必须学会山地作战，蒋匪军的美式装备，一碰到山，就要它好看了！"战士们听了都很兴奋。

此时，在解放军的正面，敌人集中整编了七十四师、八十三师等20万人，正沿临沂一线齐头并进。而背后又有国民党军李部率领了3个军6万人，已经占领了莱芜。面对敌军的南北夹击之势，解放军司令部果断做出决定：留少数部队在南线阻击，大部分主力避开正面的敌人，调头北上，在运动战中吃掉莱芜这股敌人。

沈军长分析情况后，决定先拿下莱芜城北的吐丝口镇，消灭镇内9 000敌人，截断莱芜敌人往北的退路。

二

部队连夜向吐丝口镇进发。一路上宣传队利用大山石画上了宣传画，配上了醒目的标语，战士们看了情绪更高，行军的速度也更快了。

很快，吐丝口镇的战斗开始了。此时，五十八团还没有接到战斗任务，军部命令他们休息待命。可战士们却都很兴奋，迫不及待地要投入战斗。陈坚到各连摸了一下情况回来，对刘胜说："下边的情况值得注意，不好好休息，议论纷纷。"刘胜不以为然地说："政委，你对这个团还没摸透。他们一听到枪响，心里就开锅。"

清晨，军部接到司令员的电话，为保证整个战役的胜利，命令他们必须在次日中午12点解决吐丝口的战斗。终于，早已按捺不住的五十八团盼来了梦寐以求的作战机会。

刘胜认真观察地形后，决定组织一支突击队，越过前沿，先把敌军的师部搞掉。他的计划得到了批准。

刘胜把突击队的任务交给了七连。七连连长石东根可算等到时机了，他立刻组织战士冲进吐丝口镇，向敌人发起猛攻。顽固的敌人疯狂抵抗，和突击队展开了巷战。整夜都在激战，沈军长也整夜没有合眼，一直和前沿保持紧密联系，指挥战斗。

此时已经是早上8点35分，敌师部前的一个炮楼由于敌人负隅顽抗，还没攻打下来。石东根、杨军、秦守本见前去爆破的战士好几次都没冲上去，非常焦急。

忽然，从炮楼的枪眼里伸出来用破衬衫做成的白旗，接着还丢出几支枪来，表示投降。可是并不见敌兵出来。石东根早就急了，一见就喊道："敌人投降了，赶快上去缴枪！"

杨军疑心有诈，但性急的石东根命令他坚决执行，他只好带了几名战士跑了过去。在将要接近炮楼时，突然机枪声响了起来，几个战士纷纷中弹倒下。杨军知道中了敌人假投降的诡计，立刻转身摆手告诉后面的战士卧倒。就在这瞬间，一颗枪弹击伤了他的腿部，他站立不稳，倒了下去。

石东根看到由于自己轻敌而造成战友的伤亡，悔恨和怒火在胸中交织着，立刻命令爆破手继续上前去炸掉那个炮楼。秦守本机智地冲到了敌人的炮楼下，迅速拉出导火线，把手雷从炮楼的枪眼塞进去，然后一转身滚下土坡跑回自己的阵地。"轰隆"一声巨响，敌炮楼被炸了个粉碎。

石东根喊道："同志们，冲啊！"战士们一起涌向敌师部，成功占领了这个国民党军的巢穴。国民党李副司令企图逃跑，却被解放军神枪手王茂生活捉。

莱芜一战，沈振新部大获全胜。三天之内，解放军共消灭6万敌人。国民党军大批被俘官兵在解放军战士的押解下垂头丧气地向集合地点走去。战场上一片欢呼声，热闹极了。

战后，陈坚来到连部协助石东根主持了一个全连总结会议。会上，陈坚提醒大家，不要光谈好的，也要谈谈指挥上的缺点。会议结束后，石东根想到自己在战斗中光凭勇敢不动脑筋，造成了战友

的流血牺牲，给部队带来了损失，这是多么值得总结的惨痛教训！他又羞愧，又难过。

当夜，石东根和杨军两个亲密的战友一起写成了战斗总结。刘胜看了之后，高兴地称赞道："谁搞的，不错嘛！"李全乐滋滋地说："是连长搞的。我们连长真能！"刘胜看到了石东根的进步，心里十分喜悦。他从口袋里掏出连部上缴的手表递给李全，说："给你们连长带去，团党委批准发给他了。"李全一听，乐坏了。

正在这个时候，杨军的妻子阿菊从家乡千里迢迢赶了过来，悲痛欲绝的阿菊向战士们讲述了家乡遭受反动派迫害的经过。战士们听了都悲愤地流下了眼泪。杨军听到乡亲和父亲惨痛遇害的情况，心中燃烧着仇恨的怒火，决心向七十四师讨还血债。阿菊走到杨军身后，坚决地说："杨军，我一定要参军！"

经莱芜一仗，国民党军的进攻计划彻底被打乱了。张灵甫的整编七十四师只好停止前进，在垛庄待命。很快，他便接到国防部命令，决定以3个兵团分左、中、右三路，和解放军在沂蒙山区决战。对此，张灵甫当即召开全体将领的军事会议，进行了作战部署。散会后，张灵甫严令留守垛庄的团长："我们的辎重、给养都在这儿，必须守住垛庄！"团长连连答应："是！是！"

解放军司令部获得敌人蠢动的情报后，为了实现歼敌的计划，立即命令沈部全军南移。

支前的民工大队扛着担架，赶着牲口，紧跟着队伍快步走着。东边传来炮声，部队却还是往南走，战士们心里嘀咕起来了：这是怎么回事啊？一个老兵根据长期作战经验，自信地说："依我的估计，准有锦囊妙计。"

最后，沈部的队伍在垛庄附近停下，时刻等待着上级的战斗命令。

这时，国民党军七十四师正在从垛庄开往坦埠的途中，遇到沈军兄弟部队的猛烈阻击，逼迫张灵甫不得不循着原路撤退。他打算绕过孟良崮退回到垛庄去。却没想到孟良崮东西两侧已经被解放军占领，不能通过。张灵甫只好命令部队停止前进。董耀宗认为这一带都是高山大岭，调度困难，部队绝不可停滞不前，他提醒张灵甫要马上夺路前进。张灵甫故作镇定地说："别忙，不能硬拼。"说完举起望远镜观察地形。

张灵甫是个狂妄自负的家伙，他观察地形后便命令道："两翼顶住，掩护全军翻过孟良崮，晚上在山上宿营，拂晓下山，明早到达垛庄。"董耀宗只好同意了。

就在这时，沈部接到了总部的命令："限你部星夜飞兵前进，于明天拂晓拿下垛庄，消灭守敌一团，完成对敌七十四师的包围！"沈军长做了具体的战斗部署后，立即率领大军星夜奔赴垛庄。

此刻，睡在孟良崮帐篷里的张灵甫心神不安，他突然坐起来命令他的副官："告诉参谋长，提前一小时行动，3点钟下山！"

三

张灵甫以为提前下山可以在解放军没有占领垛庄以前到达垛庄，却不知五十八团的先头部队七连战士已经到达垛庄。

在连长石东根的命令下，七连战士对垛庄发起了进攻。杨军和秦守本摸到敌团部的圩墙脚下，注视着敌巡逻兵的行动。乘敌兵不备，秦守本翻过圩墙，干掉了巡逻兵。杨军率领战士跟着翻过圩墙，像一把尖刀直插进庄里去。这时，敌团长才从梦中惊醒，他慌忙向还在孟良崮上的张灵甫打电话报告："共军已经占领了半个庄子，离我这里只有两条巷子了……"

正在准备下山的张灵甫听说垛庄将要被解放军占领，震惊得怒吼："废物，守住！丢了垛庄，我要你的脑袋！"

就在这时，杨军冲了进来，活捉了敌团长。终于，垛庄全部被解放军占领。困在孟良崮上的张灵甫听说垛庄失守，惊慌失措。他暴跳如雷地喊道："按照原定计划下山，夺回垛庄！下山的路非通不可！"

忽然，南京国民政府国防部来了电话，命张灵甫守在孟良崮上拖住解放军，等外线的敌军对解放军形成大包围之后，让他来个"中心开花"，内外夹攻，妄想消灭华东解放军的主力。张灵甫一接到指示，便把他的指挥部移到了山顶。他不知道自己已成了"瓮中之鳖"，还得意扬扬地等外线援军赶到，表演他的"中心开花"。

在沈军长的指挥下，刘胜团的战士们分成两路向孟良崮发起进攻：一路由陈坚指挥，已经攻下了敌385高地；另一路在刘胜的亲自指挥下，很快也占领了敌540高地。

张灵甫的指挥所设在一个岩洞里，董耀宗走进来向他报告战况后，忧虑地说："我们的粮食和水快断绝了。"张灵甫极有把握地说："没问题，徐州方面会空投接济的。"

很快，徐州方面的飞机果真飞来空投物资，可没有想到的是，飞机不小心把东西全部都投在了已被解放军战士占领的540高地上，几天没有吃喝的国民党军只能眼巴巴地看着。守在540高地的解放军战士，欢快地吃着蒋介石这个"运输大队长"送来的饼干、罐头。一个解放军战士兴奋地说："七十四师装备虽好，这回可要叫他们干瞪眼啰！"

此时，粮尽水绝的张灵甫部队已处在进退两难之中，感到自己确实是钻在"口袋"里了。他的心腹们劝他另打主意，主张集中兵力突围出去。张灵甫心想：不突围出去，势必困死在孟良崮上；突围吧，等于宣告失败。董耀宗猜透他的心思说："保存实力要紧，何必跟共产党争一日之短长！"

张灵甫思索一番后，决定使声东击西的诡计来逃避被歼灭的命运，突围出去。他指着地图布置说："黄昏以前突围出去。黄旅长，这是540高地,集中炮火给我轰!"

敌军一边向540高地发动佯攻,一边却妄图从385高地突围出去。

沈军长识破了敌人的诡计,经过一番深思熟虑后,他果断地说:"张灵甫惯于声东击西。告诉曹师长要沉住气,坚持守住540高地。告诉刘团长,三营先不要动。"

这时,董耀宗正率领部队在外线国民党军二十五师配合下,向385高地靠拢。沈军长获知这个情况后,便立即命令刘胜带三营去增援385高地。

在385高地上,面对蜂拥上来的敌军,高地上的解放军战士予以猛烈阻击,终于成功打退了敌人的3次冲锋。但是,解放军因增援部队还未赶到、力量悬殊,很快,阵地便被敌军打开了一个缺口。敌军拼命向外跑,嘴里喊着:"冲出去啊,快冲啊!"

当张灵甫在山洞里接到了385高地被突破的消息,高兴地在电话里对旅长说:"你打得好,突出去以后,我替你向国防部请奖!"张灵甫挂上电话后,便立刻准备下山。

张灵甫高兴得太早了,他万万没想到,刚突围出去的军队又迎面遇上刘胜率领的增援部队。刘胜立刻命令司号员吹起了冲锋号,指挥解放军战士拦截逃敌。号声、炮声、冲锋的喊声震撼着385高地。国民党军心惊胆战,一下子被打得像没头的苍蝇一样四处乱跑。

一部分顽固的敌兵依然在冒死猛冲,眼看就要冲上有着战略优势的制高点。就在这时,石东根和杨军率领战士赶到,顿时两侧翼枪声大作,一下子便消灭了这股顽敌。

刘胜见了陈坚就像久别重逢一般亲热,看见陈坚手上负伤,关怀地慰问他。陈坚说:"轻伤,没关系。"刘胜兴奋地告诉他:"逃出去的敌人被我们消灭了!"

由于张灵甫的指挥所处在有利的地形,石东根的部队进攻了好几次都未能攻破。刘胜见状,便来到前沿亲自指挥,他命令石东根

率两个排从右面插过去,又命令八连从左面迂回过去,占领西北角小山头。正在刘胜布置任务的时候,忽然一颗炮弹在他的近处爆炸,刘胜被炸,一下扑倒在岩石上。通信员邓海见团长负伤,急忙喊来卫生员将刘胜扶下火线。刘胜不顾自己的伤痛,对邓海说:"打电话通知炮兵,向西北小山头开炮。快把政委请来!"说完,就昏迷过去了。

  当陈坚走进病房时,刘胜经过抢救刚苏醒过来。陈坚抑制着内心的忧急,轻声喊道:"老刘,你怎么样啊?"刘胜呼吸短促,却用坚定的语气要求陈坚:"攻上孟良崮!活捉张灵甫!"

  最终,因抢救无效,刘胜还是壮烈牺牲了。当军长从电话中听到这个不幸的消息时,悲痛得说不出话来。战士们肃立在刘胜的遗体前发誓,一定要实现他的遗愿:攻上孟良崮!活捉张灵甫!他们决心以彻底消灭敌人的实际行动来纪念英雄的团长。

  战士们带着仇恨与愤怒,集中火力向孟良崮顶的敌军指挥所发起攻击,一排排山炮向山顶猛轰。顿时,孟良崮上炮声震响,岩石纷飞。

  杨军率领战士们在炮火的掩护下,通过人梯攀登上峰顶。他们向敌军愤怒地扔出手榴弹。随着阵阵爆炸声,敌兵死的死、跑的跑,孟良崮上乱作一团。

此时,张灵甫的最后一道防线已被解放军突破了,董耀宗慌张地向张灵甫报告说:"共军离我们孟良崮顶只有两百公尺了,一个炮弹,我们就要全部完了!已经到了最后关头了!"张灵甫还顽固地说:"镇静点!"说完,又命令继续顽抗。

很快,石东根和杨军率领战士们冲进了山洞,董耀宗看大势已去,便丢下了枪,垂头丧气地做了俘虏。而顽固的张灵甫依然还在做垂死挣扎。他手持冲锋枪,隐藏在阴暗的角落里,听到喊声后,便射出了一梭子弹。石东根和杨军忙俯下身去,机智地躲过了张灵甫的冷枪。

杨军见张灵甫是顽抗到底了,就向张灵甫扔去一枚手榴弹。手榴弹爆炸,一阵烟雾过去后,石东根和杨军持枪冲了过去。走近一看,发现张灵甫这个骄横狡诈的反动将领已经倒在地上死去了。

终于,中国人民解放军在敌我力量悬殊的条件下,成功粉碎了猖狂不可一世的蒋介石"王牌"军第七十四师,有效地打击了国民党反动派的嚣张气焰。

晴空明丽,一轮红日冉冉升起。中国人民解放军各路大军,高举着红旗,欢唱着歌曲,迎着鲜红的霞光,在孟良崮上胜利会师。

影评选粹

壮阔的革命战争画卷·鲜明的人物形象

这是一部大型的革命战争影片,描写了人民解放军在敌我力量悬殊的条件下消灭国民党"王牌"军第七十四师的故事。

导演汤晓丹不仅善于场面的描绘,而且也精于人物形象的刻画。所以影片在真实地再现气势恢宏、规模壮大的战争场面的同时,亦浮雕式地刻画出一些鲜明的人物形象。特别是突出地塑造了双方最高指挥者的形象，沈振新的坚毅果敢与张灵甫的自大骄傲形成了鲜明的对比。

影片的一大特色就是通过具有隐喻性质的道具细节来表现人物的性格和命运，以帮助推动剧情的发展。这正是导演汤晓丹惯用的艺术手法。在这部影片中，张灵甫的照片几乎成为其命运的一张随身符箓，或是胜利，或是灭亡，都能通过这个小道具领悟回味出来。

导演汤晓丹巧妙采用平行蒙太奇的创作手法，通过对每次战斗中，同一时间里敌我双方对同一事件的部署、交锋及双方情绪、气势的对比渲染，令人信服地揭示了人民军队战无不胜，反动军队必然灭亡的历史真理。

电影插曲《谁不说俺家乡好》经过歌唱家任桂珍的演绎，很快便红遍了大江南北，早已成为家喻户晓、耳熟能详的经典歌曲。

精彩回放

影片多处采用"呼应式的组接"的创作手法，对于这样一部多线索的影片来说，不仅节省了大量的篇幅，而且还使故事情节的发展产生条理贯通、眉目清晰的效果，实在是一种不可多得的创新手段。

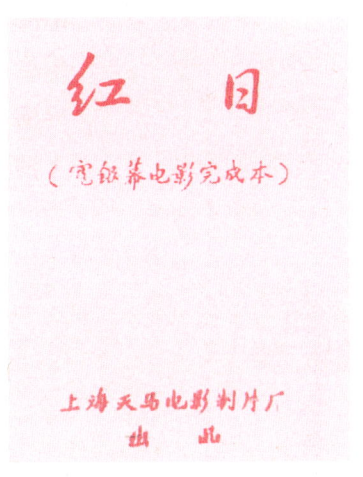

影片中张灵甫追问张小甫的下落，解放军审问张小甫，采用了"呼应式的组接"手法。张灵甫说："他（张小甫）是我一手栽培的，不成功便成仁，绝不会当俘虏！"下面紧接着便是张小甫被俘受审的镜头。这样的处理，不仅很自然地转移了地点，而且暗含讽刺的意味。

重庆谈判

历史走到今天,出现一次争取和平民主的机会,我们不能放弃这个机会。
　　　　——毛泽东决定赴重庆参加谈判时说道

影片档案

出品:长春电影制片厂
编剧:张笑天
导演:李前宽　萧桂云　张夷非
主演:古　月　孙飞虎　黄　凯

荣誉成就

1994年第17届大众电影百花奖最佳故事片奖。
1994年第17届大众电影百花奖最佳男配角奖。
1994年第14届中国电影金鸡奖最佳美术奖。
1993年《当代电影》国产十佳影片第一名。

影片史料

1945年8月,日本帝国主义宣告无条件投降,中国抗日战争取得胜利。国民党政府为欺骗国内外舆论,争取时间发动内战,于1945年8月由蒋介石出面三次电邀毛泽东到重庆共商国是。以毛泽东为首的中国共产党代表团以国家和平为重,为争取和平、民主和团结,于1945年8月28日飞抵重庆,与国民党进行谈判。谈判进行了43天,蒋介石被迫承认中国共产党提出的和平建国的基本方针,统一召开有各党派代表及社会贤达参加的政治协商会议。但在解放区政权和军队等根本问题上,尽管中国共产党多次做出让步,蒋介石仍坚持所谓军令政令"统一",以致双方在这些问题上未能达成一致。10月10日签订《国民政府与中共代表会谈纪要》,即"双十协定",11日毛泽东返回延安,周恩来、王若飞仍留重庆继续与国民党代表商谈。

"双十协定"公布不久,蒋介石就撕毁协议,向解放区发动进攻,公然挑起内战。

剧情故事

一

千里沃野,中国军队向日军发起冲锋,枪炮声、呐喊声响彻大地。

日军的阵地前尸横遍野,黑色的硝烟时隐时现。

1945年8月6日,飞机划过日本广岛上空,随后一股黑红的烟云从地面升起,形成可怕的蘑菇云。

8月8日,苏联对日宣战,三路出兵中国东北。数不清的重型坦克奔驰着,苏军突破满洲里日军防线,如潮水般涌来。

1945年8月14日,日本宣布无条件投降。世界反法西斯战争取得了伟大的胜利。经过浴血抗战的中国人民终于迎来了和平的曙光。

中国城市里一份份报纸在人群中传阅,上面印着醒目的标题:"日本投降""八年浴血,今朝胜利"等。

国民政府在重庆举行了欢庆抗战胜利的大游行。蒋介石一身戎装,佩戴特级上将领衔,胸前戴着耀眼的勋章,向欢腾的人群举手示意,陶醉在"蒋委员长万岁"的欢呼声中。

这时,一个老兵挤出人群,在距离蒋介石不远的地方,取下肩上的三八步枪,摔向地上,瞬间枪断成两截,大笑着喊道:"胜利了,回家种田去了……"

与此同时,中国共产党领导的抗日军民在革命圣地延安,载歌载舞地欢度抗日的胜利。中共中央领导人毛泽东、周恩来等人和群众一起观看精彩的文艺表演。具有陕西特色的大鼓和腰鼓队极为壮观。路边随处可见"庆祝八年抗战胜利"的标语。

全国人民都沉浸在一片欢乐之中。

在抗日战争取得胜利之后,蒋介石在中山四路德安里军委会议室的大厅里，召开了重要的军事会议。会议主要讨论对待共产党的问题，是顺应民意，实现和平？还是挑起内战，对共产党进行围剿呢？

国民党政治部部长张治中主张顺应民心："说到底，人心是胜利之本。我以为现在不能诉诸武力。"冯玉祥将军也同意张治中的主张，并且认为现在中国刚结束一场八年的抗战，极需休养生息，不适合再挑起战争。

国民党中统局局长陈立夫激动地说："现在趁日寇投降，我们有美国人支持，不一鼓作气铲除共产党，将来我们有后悔的那一天。"陈立夫主张使用武力直接消灭共产党。

蒋介石顾忌到全球都在吹和平风，并且现在国民党军队还没有准备好发起战争。蒋介石只好决定："谈判，把毛泽东请到重庆来，以我的名义请他。"并派人向延安发出邀请电报。

为显诚意，蒋介石还邀请美国驻华大使赫尔利到延安迎接毛泽东。与此同时，蒋介石暗地里却加紧向华北前线运送军队，准备进攻共产党的解放区。

在毛泽东的窑洞附近，毛泽东、朱德、刘少奇、任弼时等人开会研究蒋介石的和谈电报。毛泽东说："为了大局，我们必须忍辱负重。就重庆谈判而言，我们固然不能对蒋介石抱有希望，然而，这正是避免发生内战的一种办法，也使我们能找到一条和平建国的道路。"

刘少奇、朱德等人担心毛泽东的安全，劝他多考虑考虑。

毛泽东语重心长地说："历史走到今天，出现一次争取和平民主的机会，我们不能放弃这个机会。"

重庆国民党军统局里，局长戴笠将一封装有针对毛泽东等人来重庆的"嘉陵江号子"行动计划文件交给张泽，并让他偷偷向共产党透露一点内容。

蒋介石官邸书房中，蒋介石派人让《中央日报》进行舆论攻击。

为了使共产党失去民心,他命人给毛泽东发去第三封电报,然后仿佛一切尽在掌握,神气地说:"可一可再不可三,我只发三电,不来,只有天下人对他声讨挞伐。"

毛泽东的窑洞办公室中,任弼时对毛泽东说:"南方局昨天转来一份报告,说戴笠搞了个'嘉陵江号子'行动计划,是要对您下毒手的。"

周恩来在旁边抢着说:"还是我先去,投石问路。大家看怎么样?"

面对困难和危险,毛泽东并没有退让,他说:"路是摆在那里的,看我毛泽东有没有这个胆量了。我毛泽东还不如刘邦,还不如关云长吗?"

这时,机要秘书拿着一张电文进来。周恩来看过,递给毛泽东说:"蒋介石的第三封邀请电又到了。"毛泽东看了看,笑着说:"事不过三,蒋介石礼数到了,重庆就是刀山火海,我都得去了,蒋介石不会再来第四封电报了。虽然蒋介石的反复无常让人担心,但是在当前这种政治气候下,他不大敢。"

任弼时接话道:"不去,我们就在全国人民面前输了理,显得我们没有和平诚意,那时蒋介石就会把发动内战的黑锅扣到毛泽东的背上,让他背着。"

周恩来皱着眉头说:"蒋介石这招挺厉害的!其实,他未必希望主席去。"

"是的。"毛泽东吸了一口烟,说:"他可能以为我害怕被扣,不敢去,他一定认为我怕做'张学良第二'。这叫作麻秆儿打狼,两头害怕!"

最后,大家同意了毛泽东到重庆去和蒋介石谈判,并决定召开中央政治局扩大会议,向全党公布。

中共中央政治局扩大会议上,毛泽东做了报告:"我们要在新的环境中和蒋介石打交道。我们面临着从武装斗争向合法斗争的转折,必须学会做城市工作。我们共产党人要学会新形势下的斗争艺术,我们要改造这个国家,促使国民党走和平与团结的道路,为此,中央决定,毛泽东要去重庆谈判。"

这时其他同志议论纷纷,都表示对毛泽东的安全担心。彭德怀生气地说:"请中央批准我先和他们打一仗,打击一下蒋介石的嚣张气焰!到那时主席再去。"

会场里的人都笑了起来。毛泽东站起来接着说:"时不我待。在我离开延安去重庆谈判的时候,中央决定刘少奇同志代理中央主席,补选彭真、陈云为书记处候补书记。这样,我和恩来同志不在时,政治局能正常地实行领导。"

这时,机要秘书走进会场,将一份电报交给毛泽东,说:"主席,斯大林的电报。"毛泽东看完电报,不动声色地掖进口袋。

散会后,毛泽东和刘少奇信步于枣园中,毛泽东边走边吸着烟。刘少奇拿着会上机要秘书送来的电报说:"这第二封电报,斯大林倒是明确点名,让你去重庆。电报说,中国若再打内战,就会把民族引向灭亡,这未免太武断了。"

毛泽东生气地说:"我就不信,人民为了翻身搞斗争,民族就会灭亡?"

毛泽东停下来,对着刘少奇语重心长地说:"我走了以后,你放手工作,不要因为考虑我的安全而缩手缩脚的。虽然南方局有电台,但也不能事事都等请示结果。时局瞬息万变,那样做会误事的。况且,我离开延安,你们这里是中央,我服从中央的指示。少奇同志,在中国历史出现转折的时候,我到大城市去享福,把重担子压给了你,党和人民会感谢你的。"

毛泽东和刘少奇两人的手紧紧地握在一起。刘少奇感到毛泽东对他的深情和信任,眼里不禁涌出泪花。

刘伯承和邓小平走进毛泽东住的窑洞,坐下说:"国民党不断地向我们发起进攻。看来蒋介石是在桌子上玩和平游戏,桌子底下踢脚。"

毛泽东说:"他有两手,我们也要有两手嘛。对他们挑起内战的阴谋,一是要揭露,二是要反击。你们在前方打得越好,我跟蒋委员长打交道就越安全。"

二

深夜,毛泽东的窑洞中,毛泽东奋笔疾书,终于写完了《关于同国民党进行和平谈判的通知》。随后,他点起香烟,面向着墙上的地图沉思着。不一会儿,毛泽东推开门,想出去走走。万万没有想到,在他那简陋的窑洞外面,黑压压地站满了人。大家看到毛泽东出来了,七嘴八舌地劝毛泽东不要去重庆,小心被蒋介石扣押起来。还有个战士喊道:"一定要谈,就让蒋光头过来延安,我们不放心主席去。"

毛泽东被深深感动了,热泪在他眼圈里打转,他向面前的人们深深鞠了一躬,深情地说:"你们的心意,我领了,为了表明我们共产党人的诚意,我顾不得那么多了。如果我毛泽东一死可以避免内战,使人民不再流血,我愿意做蒋介石的阶下囚。"

好多人听了,眼泪不自觉地流了下来。

在蒋介石官邸后花园,蒋介石边走边问军统局局长戴笠:"听说你搞了一个什么行动,要暗算毛泽东?"

戴笠赶忙回答:"这是学生虚张声势故意向外界透漏的,意在造成中共的恐慌。"

"可笑。你以为这样能吓住毛泽东?你这是越帮越忙。"蒋介石训斥道。戴笠惊慌失措地问蒋介石自己应该怎么办。蒋介石生气地说:"你现在要做的是欢迎毛泽东。"

随后,蒋介石派遣张治中作为国民党的特使,飞到延安去接毛泽东。与张治中一起飞往延安的还有美国驻华大使赫尔利。

1945年8月28日大清早,延安热闹非凡,到处都是腰鼓队、手持红缨枪的儿童团。军人、农民、学生都来给毛泽东送行,东关大街几乎堵塞了。欢送的人们跟着毛泽东的车队向前走。

毛泽东戴着一顶崭新的盔式硬质帽,穿着新中山装,高昂着头,站在中型敞篷吉普车上,向欢送的人们挥手。周恩来、王若飞站在他左右。

停机坪上,一架美国绿色军用飞机停在那里。毛泽东从汽车上下来,慢慢地走近飞机,一步步登上梯子。毛泽东举起那顶崭新的帽子,向人群挥手告别。飞机的螺旋桨转了起来,引擎发出轰鸣响声。

重庆机场,各界人士都早早来到候机厅,等待毛泽东的到来。

随着越来越大的飞机引擎声,郭沫若等人涌出候机大厅。国民党空军司令周至柔,作为蒋介石的全权代表,笔挺地站在人群的最前面。

飞机轰鸣着降落在跑道上,向前滑行。梯子放好,舱门打开,毛泽东微笑着走出机舱,向涌上来的人群挥挥手,健步走下梯子。周至柔走上前去,敬了一个军礼说:"恭迎毛先生来渝共商国是。"

《中央日报》记者童欣趁着毛泽东上车时周围人少,机灵地走到毛泽东跟前,快速地问:"请问毛先生,你不怕是'鸿门宴'吗?"

毛泽东打量她一眼,回答:"你年纪轻轻很厉害呀!你这样发问,是贬低了蒋先生一番美意。面对四万万民众,他会摆'鸿门宴'吗?我第一个不信。"

毛泽东转身走向汽车,童欣感慨地对身边的外国记者说:"毛先生的反应够快的,可与他的外表不相称。"

车队鱼贯驶出九龙坡机场,向蒋介石官邸驶去。

蒋介石官邸门前庄严热闹,蒋介石偕夫人宋美龄居中而立,周围有魏德迈、邵力子、宋子文、蒋经国等一大批文武官员,乐队高

奏迎宾曲。

毛泽东等人在张治中的陪同下走下汽车,毛泽东、蒋介石双手紧握在一起。蒋介石口中说道:"久违了,久违了。"

毛泽东笑容可掬地说:"屈指算来,我们有19个年头未见面了。"随后,众人向官邸里走去。

晚宴过后,蒋介石安排毛泽东下榻在国宾馆。

万籁俱寂的夜里,月光透过窗纱洒在屋子里。在这朦朦胧胧的月色中,毛泽东躺在床上,双手枕在脑后,久久不能入睡。

一大早,毛泽东拿着一本线装书,负手在林间散步。晨晖透过茂密的林木,在小径上洒下斑斑驳驳的光影。树梢上小鸟欢快地叫着。毛泽东走着走着,看到一个穿着白衣服的人蹲在地上,手里拿着一把小铲。

当穿着白衣服那人回身时,双方都感觉十分意外。原来那人是蒋介石，他正在地上挖竹笋。蒋介石也有户外晨读的习惯，在他的上衣口袋中，也装着一本线装书。于是，毛泽东和蒋介石在竹林中聊起天来。每次毛泽东说到国共合作，和平处理中国内部的问题时，蒋介石就转移话题。

就在毛泽东到达重庆，准备与蒋介石进行谈判的时刻，驻华美军司令魏德迈下令，把国民党的军队运送到华北、华中的大城市去，说："谈判是谈不出名堂来的，这不过是一种缓冲，是战争与战争之间的休止符。"

1945年8月29日，国共谈判正式开始。双方代表各自在谈判桌两侧落座。毛泽东漫不经心地四下望望，目光停留在张群旁边一张空着的高背椅子上。张群忙赔笑道："蒋委员长托我向大家道歉，他上午临时要去接待国宾。给大家说一声抱歉。"

毛泽东并没有在这个问题上多做纠缠，直接发言："贵党是东道主，我希望先知道你们的设想，你们总有个草案吧？"

国民党方面一直认为毛泽东不敢来重庆和谈，所以根本没有做任何准备。张治中只能说："你们是贵客，自然应当听你们的意见。"

为此，张治中还说出了一条冠冕堂皇的"理由"："倘若我们先拿出那么几条来，很容易束缚大家的思维，这也是蒋先生的意思。"

国共双方就这样说着，越说国民党反而越被动，张群只好说："请中共诸君说说你们的想法吧。"

周恩来铿锵有力、态度坚决地宣布中共方面的主张："首先，我要声明这是第一次有中共中央主席参加的国共谈判，我们衷心希望谈判成功。"他稍作停顿，接着说道，"我党在三天前发表了《对目前时局的宣言》，以此为基础，我们今天提出八条意见。"

王若飞接过话来，对"八条"做出解释："简单地说，就是防止内战，承认解放区和抗日部队，承认各政党的合法地位，取消特务机关，释放爱国政治犯，成立举国一致的民主联合政府。"并把文件发给国民党代表。

张群看了看手中的文件，说："第一条似乎不妥，内战在哪里？委员长特地告诉我，他坚决不承认中国有过什么内战。"

毛泽东反问道："委员长不承认有内战，只承认是剿匪。在他眼中，共产党、人民的军队都是犯上作乱的匪。这样说来，西安事变后国共合作，岂不成了委员长与匪合作了？现在又与匪坐在同一条板凳上了？"

对于毛泽东的诘问，国民党代表不知道从何回答，王世杰答非所问地说："我党企盼和平的诚意，天下人有目共睹！"

这时，王若飞说："我方才接到电报，阎锡山的三十七师、六十八师和六十九师，正联合向我党根据地进犯，这不是内战，难道又要解释为剿匪吗？"

面对王若飞揭露的事实，国民党代表四个人装糊涂地你问我我问他，相互推卸。

三

在共产党根据地战斗前线，炮声、枪声不绝于耳。刘伯承、邓小平等人召开作战会议，研究对策。

参谋报告："史泽波的主力攻占了长治。我们的伤亡很大。"

刘伯承对着大家说："干部们又想打，又怕打。担心打狠了，蒋介石会跳老虎神，毛主席在他眼皮底下，他们担心毛主席不安全。"

"怕个鬼哟！"邓小平站起来说，"正好说反了，我们要告诉同志们，狠狠地打，打得越好，毛主席就越安全，蒋介石就越不敢动他一根毫毛。"

国共谈判第一轮谈判在毫无进展的状态下结束了。毛泽东利用和谈的间隙，拜会了宋庆龄。毛泽东说："我离开延安时，至少有十几个人嘱咐我，到重庆第一个来见你。"

宋庆龄说："你能来重庆，是大智大勇，说明你们是有诚意的。谈判怎么样，是不是很棘手？"

毛泽东幽默地说："人家把我们看成'匪'，剿了这么多年，现在请我们来当客人，已经是蒋先生的一大进步，怎么能要求人家那个弯子转得太快呀！"

宋庆龄笑着说："和平、民主，这是人心所向。"她思索了一番，接着问毛泽东，"你还记得中山先生所说的话吧？"

毛泽东脱口而出："世界潮流，浩浩荡荡，顺之者昌，逆之者亡。"

说到这里，毛泽东想起他一直想要对宋庆龄表示感谢，便说道："您不止一次地把药品送给我们，我们医院里唯一的一台X光机，也是您送给我们的。您收养转送了那么多孤儿去延安，我们永远忘不了您的恩情。大家都希望您能到延安去走走，去看看呢……"

宋庆龄激动地说："这就够了，这就够了，我永远是人民的朋友。"

桂园办公室中，国民党的元老柳亚子请毛泽东赐诗一首，并说："润之的诗才我是领教过的，苏东坡的气势，曹子建的机敏。"

毛泽东转身拿起纸笔，在桌上奋笔疾书。不一会儿，柳亚子拿起纸，朗朗念了出来："北国风光，千里冰封，万里雪飘……"这无与伦比的磅礴气势，在空旷的原野上回荡。

与此同时，蒋介石的官邸中，张治中、王世杰、张群等人坐在客厅听蒋介石训示。蒋介石手拿共产党给的文件，说："他们提出八条，我只要三条就足够了。"

王世杰请示谈判的方针，蒋介石一字一句地说："第一条，不得于现政府法统之外来谈政府改组；第二条，不得分期或局部地解决问题；第三条，归结于政令、军令之统一，一切问题必须以此为中心。"

张治中担心地说："叫中共全部交枪、交地盘不现实，和谈恐怕会陷入僵局。"

蒋介石进一步给他们讲解道："毛泽东用什么与我们抗衡？一是枪杆子，二是地盘。你要他交出这两样，等于与虎谋皮，不会那么容易的。其实你们不用犯难，只要把戏做得像那么回事就行了。"

另一方面，蒋介石派遣国民党陆军总司令何应钦在南京与侵华日军总司令冈村宁次密谈。冈村宁次愿意将日军在华的100万军队交给国民党，用在防范共产党方面。何应钦立即将密谈情况报告给蒋介石。

蒋介石把一份密件交给蒋经国看，并说："他山之石，可以攻玉。但是要绝对秘密。"蒋介石和冈村宁次达成了共同对付共产党的默契。

正义必定战胜邪恶，阳光终将驱散阴霾。

在重庆毛泽东和蒋介石谈判期间，东京湾密苏里战舰上，日本侵略者用签字的笔，给他们的罪行纪录画上了最后的句号。

会议室中，国共双方代表在进行新一轮磋商。

邵力子说："军队问题、解放区地盘问题不解决，怎么可能达到军令、政令之统一呢？"

王若飞激动地反驳道："地盘嘛，并不是从你们国民党手中夺来的，那是我们经过流血牺牲，从日本鬼子的铁蹄下一寸一寸地解放出来的。这怎么能交给你们呢？"

张治中开口说："不必如此激动，你们不交出地盘来，那么这个国家成了什么样子了？不就成了封建军阀割据了吗？"

周恩来按捺不住，大声驳斥："文白先生以封建割据来比拟中国共产党，是根本错误的。国共谈判要求问题之解决，必须承认事实，承认我党的政治地位，必须承认我们的19个解放区。"

随后，张群提出军队没有必要存在，其目的为了取消共产党手中的军队。王若飞反问道："你们国民党的军队为什么要存在？"

张治中自以为抓到了对方话中的漏洞，提高声音说："那不是国民党的军队，那是政府的军队，国民党没有一兵一卒。"

周恩来说:"同样,共产党的军队也是人民政府的军队。"

邵力子接过话题说:"对呀,中共既无一兵一卒,国民党也不敢进攻他们。反之,中共军队再多,也不能打倒国民党吧!"

周恩来笑了起来,说:"真乃高论!当初我们在井冈山的时候,你们没有想消灭我们吗?我们那时可不是只有一兵一卒。你们最清楚,就是我们正在谈判桌上费唇舌的时候,你们的阎长官正在督令十九军军长史泽波向我们大举进攻呢,邵秘书长太书生气了吧?"

在通往潞城的大路上,国民党十九军的部队正在前进,辎重车、装甲车和步兵铺天盖地。

一辆吉普车在队伍长蛇阵中穿行,史泽波坐在上面耀武扬威地说:"彭毓斌指挥不利,像个娘们儿,可惜委座把这样的大任交给他,要知道,这是给中共眼色看的呀!咱们打得漂亮,中共就不能在谈判桌上讨价还价。"

一座残破的山神庙前,一二九师正在召集旅以上干部会。会上,邓小平谈到全国战局:"蒋介石把毛主席请到重庆去谈判,和平啊、民主啊叫得震天响,可阎锡山向长子、长治、壶关的进攻,证明了他在耍两面派,和谈是烟幕弹。好好打,狠狠打。我们打得越狠,毛主席越安全,腰杆越直,蒋介石是欺软怕硬啊!"

毛泽东利用谈判的间隙,拜访张自忠的母亲。毛泽东说:"张自忠将军是民族大英雄,5年前延安为他举行过追悼会,好多人都哭了。"

张自忠的母亲激动地说:"谢谢你们。你们不记党和党之间的鸿沟,能够记得住一个国民党人,自忠他在九泉之下也会感念的。"接着又告诉毛泽东,蒋介石过不了多久就要迁回南京去了,而新四军创建的解放区就在南京周围。蒋介石绝不会允许南京附近有解放区存在。

毛泽东从张自忠母亲那里回来后,周恩来向他报告:"主席,国民党占了壶关、潞城、襄垣,气焰很盛。今天张群在谈判桌上的口气又硬了起来,在解放区的问题上,坚决不让步。"

毛泽东说:"一方面要揭露他们,一方面要挫败他们的军事进攻。"

两人边走边聊,毛泽东说:"恩来啊,我想了好几天了。为了表明我们和谈的诚意,我们除了在军队数上由48个师降到24个以外,是不是把江南的8个解放区让出来,别在人家的床边打呼噜。"

周恩来严肃地说:"看来,政治局会议上制订的方案,现在要用上了。就怕新四军的同志们想不通啊,每一寸土地都是他们用鲜血和生命换来的。"

毛泽东分析说:"要从全中国、全民族的利益去想。其实我一寸土地、一支枪也不想交出去。可是我们不做点让步,和谈就不会有什么进展。"

周恩来十分赞同,说:"是啊,退让一点,人心、舆论就在我们一边了。蒋介石的假戏呀,也只好真做了。"

四

第二天会谈结束,蒋介石请毛泽东、周恩来共同进餐。用餐后,毛泽东和蒋介石在后花园边走边谈:"我们提出撤出江南解放区的建议,蒋先生想必得了汇报。"蒋介石答非所问:"你们有一点点进步,我都高兴,利国利民嘛。"

"可是，"毛泽东说，"阎锡山出动三个军，大举进攻我党地区，这件事发生在谈判当中，不能叫利国利民吧！"

"这纯属是阎锡山的个人行为。"

毛泽东讽刺地说："这阎锡山也太不给委员长面子了，人在重庆谈，他在山西打。"

蒋介石十分尴尬，怔了一下，说："对此事我一定从严查处！"

毛泽东揶揄地笑着，盯着蒋介石。蒋介石避开了毛泽东犀利的目光。

长治战场上，硝烟弥漫。新四军在刘伯承、邓小平的指挥下奋力还击，史泽波和他的十九军成了"瓮中之鳖"。

中山四路德安里101号里，国共双方又一轮谈判在进行。

周恩来严肃地说："我们已决定放弃海南、苏南、皖南、湖南几个解放区。"

张群得寸进尺地说："这当然是个进步，不过，你们提出要编48个师的方案，现在降到24个，还不行，实难考虑。"

周恩来说："我们保持中央军区的六分之一，如果中央缩到60个师，我们缩到10个师嘛。"

张治中分辩道："军队问题，兄等不必讨价还价了，这个不是数目和比例大小问题，是观点根本不同！"

王若飞极为愤慨地说："汉奸军队都已获得中央之委任，而中共抗日部队却一定要解散之，这是什么逻辑？"

张治中站出来打圆场说："咱们不要凭着一些街谈巷议为依据。有些分歧虽大，却可耐心商讨。但是，你们的主张是行不通的，比如要求北方四省的主席由你们担任，这不是封建割据是什么？"

王若飞义正词严地反击："军队国家化，但国家是人民的，而非一党之国家。依文白兄的说法，唯有把我们赶到大海里去才干净。"

周恩来激动地说："我们来是和谈，不是来听候处置的。"

张群合上文件夹子，站起来，态度强硬地说："若是这样，这一轮谈判只能到此为止了，你们应该负有责任！"

王若飞气愤地一拍桌子，站起来说："岂有此理！"

周恩来也站起来说："谈判至今，我们已经做了最大的让步，你们却一丝一毫的让步都没有做，这怎么能体现你们的诚意呢？"

双方代表争执起来，会谈不欢而散。

毛泽东和周恩来正在讨论着谈判问题，王若飞拿着电报进来说："刘少奇以中央的名义来电，鉴于目前状况，马上终止谈判，返回延安。原因是中央截获了一份国民党最近的文件，仍然称为奸党，公然说与我们谈判是拖延时间，我们不交出军队、地盘，就以土匪论处。"

毛泽东和周恩来都觉得现在不是离开重庆的时候，他们认为有一点希望就要争取和平谈判。

新的一轮谈判开始了。这轮会谈的核心问题还是军队和解放区问题。

张治中说："解放区可按行政专员区的办法解决，省政府由中央任命。"

张群说："我们商谈已一月有余，有的问题已经解决，有的很接近，唯解放区问题尚无结果。根据大家一致意见，是不是这几条也可以定下来：中央不向若干地区进兵，以避免彼此冲突；县以下行政人员民选，省级维持现状。"

王世杰发言说："委员长特意嘱咐，要平心静气，务使和谈有一个良好的结果。"

周恩来表示赞同，说："是呀，这正是我们所期望和一个多月来为之而奋斗的。我看，双方是否应把一个月的谈话记录整理出来，选择能发表的发表，以解人民之渴望。"

1945年10月10日，庄严的时刻终于到来。周恩来、王若飞、张治中、邵力子、张群分别在《国民政府与中共代表会谈纪要》上签字。国共双方代表交换签字文本，继而热烈握手。

林森路国民党军委会大礼堂中，十分热闹。会场横幅书写着"欢送毛泽东先生离渝"。会场人群中，有宋庆龄、沈钧儒、郭沫若等国内知名人士在场，他们每人手里举着一杯酒，听毛泽东讲话。

毛泽东说："在东、西法西斯打倒以后，世界是光明的世界，中国是光明的中国。这次商谈的目的就是要实现和平建国。中国今天只有一条路，就是和，和为贵，其他一切打算都是错的，中国只能走和平这条路。只有走民主这条路，我们中国共产党人尽了我们致力于和平的努力。"

一阵暴风雨般热烈的掌声。

毛泽东接着说："天无私覆，地无私载，日月无私照。只要我们是有诚意的，中国的事情就好办。中国人民面前还有许多困难。可是我们有理由骄傲，我们找到了和平、民主、团结的治国方针。'贤者不悲其身死，而忧其国之衰'，古人尚有这样的远见，何况我们！"毛泽东停了停，接着说道，"我和恩来、若飞这次来重庆，会见了许多老朋友，也结交了很多新朋友，同声相应，同气相求，我们的心是连在一起的。我们国家的和平昌盛需要我们的团结，友谊是一种和谐的平等。祝愿我们美好的明天再一次相会！"

1945年10月11日，九龙坡机场。飞机马达声、欢呼声、军乐声混成高昂的旋律。毛泽东登上飞机的舷梯，40余日的重庆之行即将结束。他又一次向人群、向全中国举起了考克帽，慢慢地挥动着。这是巨人的挥手，他像举起时代闸门的勇士，让和平与民主的大潮从闸门下奔涌而过，仰不愧于天，俯不怍于人。

历史的确在1945年敞开了一次和平之门，然而终究为战争的阴云所堵塞。时间是最伟大的作者，它能写下历史的结局，使历史永远留下光辉和遗憾。

影评选粹

艺术纪录的典范之作

  影片成功地解决了纪实性与艺术性的矛盾,将历史真实与艺术真实天衣无缝地融合在一起,铸成了一部艺术记录重大历史事件的典范之作。

  《重庆谈判》开篇,在黑色敞篷车上,国民政府主席蒋介石神情庄重又不失谋算的心机,向庆祝抗战胜利的游行人群挥手致意。就其镜头而言,给人一种历史感,出场就带有浓厚的历史气息。影片采用现实主义的创作方法,记录了"重庆谈判"的历史事实,运用"二战"时的影像资料来穿插,让观众在欣赏影片时有历史的真实感。为了增加影片的真实感,绝大部分镜头都是在历史事件发生的原址进行拍摄的。

  《重庆谈判》在艺术追求上精益求精,例如影片中虚构的《中央日报》的记者童欣这个人物。这个人物代表了当时大后方一部分政治上处于中间状态的知识分子，起到了穿针引线、画龙点睛的作用。

精彩回放

电影中，毛泽东和蒋介石在竹林相遇的一场戏，意味深长：毛泽东拿着一本线装书，负手在林间散步。晨晖透过茂密的林木，在小径上洒下斑斑驳驳的光影。树梢上小鸟欢快地叫着。毛泽东走着走着，看到一个穿着白衣服的人蹲在地上，手里拿着一把小铲。当穿着白衣服那人回身时，双方都感觉十分意外。原来那人是蒋介石，他正在地上挖竹笋。蒋介石也有户外晨读的习惯，在他的上衣口袋中，也装着一本线装书。于是，毛泽东和蒋介石在竹林中聊起天来。每次毛泽东说到国共合作，和平处理中国内部的问题时，蒋介石就转移话题。

在看似轻松的谈笑中，巧妙地刻画出了两人的性格和心理状态。

南征北战

今天我们能获得这么大的胜利,主要是因为我们忠实地执行了毛主席的战略方针!只要有毛主席和朱总司令的领导指挥,只要有广大人民的支援,今后我们就能歼灭更多的国民党,获得更大的胜利!

——战斗胜利后,师长对解放军战士们说道

影片档案

出品:上海电影制片厂
编剧:沈西蒙　沈默君　顾宝璋
导演:成　荫　汤晓丹
主演:冯　喆　张瑞芳　陈　戈

荣誉成就

新中国成立后推出的第一部优秀的战争影片。观看电影《南征北战》成为属于那个时代的集体记忆。

剧情故事

一

一个初春的黄昏,中国人民解放军四列纵队伴着天边的隆隆炮声,迈着沉重而整齐的步伐,沿着公路向前行进。虽然他们身上满是尘土,神色凝重,但是他们的眼睛却坚毅地望着前方。

距桃村二里许的地方,横贯着一条东西方向大沙河,河面上架着一座南北方向大铁桥。忽然,防空警报响起,北撤的群众与解放军部队迅速地跑向两岸庄稼地里隐蔽起来了。

两架国民党侦察机沿着公路、铁路由南向北低飞侦察、扫射。子弹扫过沙河,扫过铁桥,一直向北扫去。等到飞机远去,司号员吹号解除警报。公路、铁路两侧隐蔽的部队和群众拍打掉身上的尘土继续前进。

高营长和赵大娘并排从果园走来。赵大娘笑着对高营长说着:"打从去年土地还家以后,光景就像阳春三月的庄稼一样,一天比一天好。我们家母女三人,分到9亩坡地、1亩梨树,还有5分枣园。"她指着一片绿油油的果树林说,"你看,那就是!"高营长赞道:"长得可真壮实!"

赵大娘感叹说:"可不是,人见人夸。往年这些再好也是地主的。老高,如今你们都往北开啦,好光景怕不牢靠了!"高营长劝慰道:"大娘,这是您的家,也就是我们的家。咬咬牙先忍着点。"

沙河口,人群、担架、大车、部队从桥上走过,有的涉水过了河,由南往北而去。忽然，高营长命令道："停止前进！"队伍中张连长一脸疑问地望着高营长。

张连长走到屋后的土堆上，叹了口气坐下来，接着从口袋里摸出一支香烟点上，眼睛一直朝河口铁桥方向望。河口灯火点点，人影、牲口、大车连续不断地沿着大路向河口走去。张连长把手里的烟卷捻成碎末，一会儿又重新点燃一支。

高营长突然出现在他的面前。张连长刚要站起，高营长把他按下，随即和他并肩坐下，也摸出一支香烟点着抽了起来。张连长说："队伍在这儿，进不进，退不退的。为什么？"

"估计可能有新的情况。"

张连长说道："打了一仗就走，真叫人不痛快。我不怕困难。只要上级下命令，我这个连可以冲在第一个。"

高营长明白他的心情："你勇敢冲锋的精神是好的，但是光凭勇敢是不行的。现在最要紧的是怎样把上级的指挥意图、战术思想，通过你、通过我，变成全营全连的行动。"

听了高营长的一番话后，张连长比先前平静多了。高营长朝他望了一眼，抚着他的肩膀向村里走去。高营长说："在困难多的时候，作为一名指挥员，最要紧的是耐心和沉着。"张连长重重地点点头。

在师部，师长、政委和各团团长站在一张铺着地图的桌子周围开会。师长分析着当前形势："现在国民党集中了30万人马，分陇海、津浦、胶济三面向我们合围进攻，企图跟我们决战！形势是严峻的！我们正面，国民党集中了18个师，由南向北压过来。我们背后，胶济线，国民党有7个师，偷偷地由北向南压过来。国民党想用分进合击，南北夹攻，把我们消灭。上级命令我们在这一带展开阻击！"

师长看了看大家，又继续讲道："军部命令我们马上构筑工事，在大沙河一线阻击南路国民党军队！刘团长，你们驻扎在桃村的是哪个部队？"刘团长答道："一营。"师政委听了，说道："对南路的国民党阻击打得好不好，这对整个战役有很大关系。刘团长，你可要向一营好好地交代一下。"

刘团长站起身，"我立刻就去。"

一座洋房里灯火辉煌，屋里国民党前线指挥部正在开会。烟雾中，数十个高级军官围坐长桌，一个胖胖的将领位居首席，他是这次战斗的总指挥官。只见他敲敲桌子说道："刚刚接到电报，我军飞机侦察到共军在大沙河北岸一线构筑工事。陈长官命令我部即刻推进，消灭共军于沂蒙山区。"

接着，总指挥官开始安排部署。最后，他对各部军长说："委员长电谕：鲁南决战只许成功不许失败。并预祝此次决战成功，特令嘉奖张、李所部全体官兵。"国民党张、李军长及全体军官肃立齐呼："愿为领袖效劳！"

张连长在机枪工事里接听电话:"战士们情绪很高,一定会把国民党消灭在我们阵地前沿!看样子,我们该出击了。营长,您看能不能突击一下?"电话那头,高营长说:"等我报告团长以后再决定。"张连长连忙报告:"报告营长,国民党又发起冲锋了。"高营长嘱咐道:"叫大家好好地打,我马上就来。"

师长与刘团长等人进入高营长指挥所。高营长、教导员急忙上前敬礼。师长说:"辛苦了,今天怎么样?"营长回答:"8个钟头打退国民党5次冲锋。"师长肯定了他们的成绩:"你们打得很好!我们在这里阻击了6天。已经完成了预定任务,现在命令你们立刻转移。向北,450里路,限5天赶到。任务回头由刘团长当面交代。怎么样?有困难吗?看你的神情好像不对劲啊。"

高营长说:"说实话,师长,现在部队斗志正旺,马上又要向北转移……这个弯子怕是一下子转不过来。"师长动情地说道:"告诉同志们不要怕跑路,不要计较一城一地的得失。今天放弃这些地方,就是为了长远地保住这些地方。今天,群众受些损失,吃些苦头,将来,他们会得到更大的幸福,得到更多的利益。今天丢开面前这个国民党不打,就是为了以后彻底地歼灭这个国民党!"

师长看了看听得出神的高营长,继续说道:"在黄昏以前把队伍撤下来,不要让国民党发觉。赶快执行吧!"高营长大声回道:"是,立刻执行!"

二

桃村撤退的群众牵着牲口，拉着大车，车上坐着老幼病弱。男女民兵排成一队，队伍默然无声地从一旁走过。解放军部队在撤退的群众背后向铁桥北边走去。赵玉敏跳上一辆载重大车向群众讲话："乡亲们，大家不要难过，我们这里有山有水，有人有枪，有共产党的领导，还有主力在前面打，我们一定能够胜利的！大家想一想：八年抗战，毛主席领导我们把日本鬼子都打败啦！乡亲们，我们也一定能够打败老蒋！今天主力部队暂时撤走，将来一定会打回来的！"

在她背后走动的战士们听见她说的话，个个都抬起头来，坚定地迈着步子朝前走。赵大娘和一群妇女，捧着一堆鞋子，朝高营长走来。赵大娘说："老高，这几双鞋子你们捎着。"

高营长迎上来，看见鞋上绣着"胜利归来"四个字，感动地说道："大娘，我们永远忘不了您这一番心意。"赵大娘眼里闪着泪花，"老高……打了胜仗，千万给大娘捎个信来。"高营长承诺道："一定会的。大娘，我们走啦！"说完，立正敬礼，与教导员跨马奔去。

高营长的部队涉水过河，沿着大路向北；赵玉敏领着群众队伍沿着河堤向东，向石岗左边的山道上前进。两支队伍长龙似的左右伸展开了。

国民党的交通兵指挥着一辆辆炮车与军用卡车开进桃村。桃村四处寂静无声。街道是沉寂的，村子中每家的院子都是空空的，仅有几只乌鸦栖息在树梢上"哑哑"地叫着。国民党参谋长向国民党张军长说道："共军去向不明，我先头部队失去前进目标！"他们两人显露出怀疑的神色。

而此时，高营长的部队正在过一条大沙河。河水涨满，滚滚东流，最深的地方甚至淹没了战士们的腰。战士们举着枪，蹚水过河。班长陈德海和一位战士架着战士王春朝前走，王春艰难地跋涉着。

原来，王春的脚磨破了皮。这时，指导员走了过来，一看情况就不由分说地和陈德海搀扶着王春骑上马朝河中走去。

夜，漆黑得怕人。桃村的一所空旷的瓦屋大厅里，电报机"嗒嗒"作响。

国民党参谋长从电报间走了出来，众军官拥上。国民党参谋长不耐烦地朝大家摆手示意镇静，然后摸出烟吸着说："纵深200多公里，所有的村庄、树林，飞机都侦察过了。除了发现少数共军民兵游击队，任何共军主力都没有。"

这时，译电员急忙送来指挥部发来的最新电报："十万火急，北线李部在凤凰山陷入共军重围。现命令你部火速增援……"张军长看完电报，神色一变，瞪着两只眼，走至铺着巨大地图的桌前。国民党参谋长用手指着桃村，一直画到凤凰山停住，手指不禁颤抖了起来。国民党张军长愤然拍案："立刻命令，向凤凰山前进！"

在一座耸入云霄的山顶上，教导员手里拿着地图立在道旁向四周观望着。高营长仔细地观察着地形：在这山头对面也有一座同等高度的山头，两山之间有一条弯曲的公路，周围尽是奇峰怪石。通信员丁宝山匆匆跑到营长跟前气喘吁吁地说："报告，师长请营长赶快去接受任务……"高营长和教导员翻身上马，向师指挥部奔去。

高营长、教导员气喘吁吁地跑到师长跟前。师长望着面前的这位爱将，顿了顿后说道："情况是这样的，刚才有五六百国民党由凤凰山向摩天岭方向溃窜。现在命令你营立刻从这里插到羊角湾，拦腰堵住，歼灭它！"

接到任务后，高营长和教导员在烟雾缭绕的山沟中疾行，在他们身后是一长串快速行进的队伍。

高营长和教导员爬到一座小山坡的顶上，向导老大爷忽然用手指着正前方，"这就是羊角湾！"高营长一看，正前方有一条宽阔的大沙河，数百国民党从沙河一端迎面窜来。高营长一摆手，举枪连击三发。张连长回身向后招手:"同志们,冲啊!"

伴着冲杀声与机枪声,解放军战士从左、右、后三面山坡上冲下,国民党溃兵没有料到在这里会遇上解放军,顿时惊慌失措,狼狈逃窜。最后,此股国民党军全部举手、缴械投降。

在解放军师指挥所的山头上,师长手指地图上的摩天岭和凤凰山说:"摩天岭阻击战打得好,凤凰山的胜利就有了保障。我们可以回过头来把摩天岭的国民党吃掉。但我们仅仅有一个师的兵力,而国民党的增援部队是一个军。担子不轻啊!"

师政委坚定地说道:"国民党再多我们也要挡住,不但要挡住,而且要狠狠地打击他们!"师长赞同地点点头,"对,狠狠地打击。军长说凤凰山的总攻时间提早到今天下午5点钟开始。他要我们在摩天岭坚守12个钟头!"师政委胸有成竹地说:"不成问题。"师长点点头,"一团一营正在羊角湾,离摩天岭很近。我看把一营先拉上去吧。"

师政委高兴地说道:"好,一营打阻击有经验,要得!"两人站在地图边上,视线移到摩天岭上。

凤凰山硝烟滚滚,山谷中的一个小山村若隐若现。国民党的残兵据守在小山村周围,做最后的挣扎。国民党李军长将村中的一个地下室改建成自己的指挥所。炮弹在指挥所四处爆炸,指挥所内尘烟弥漫,李军长站在报话机前,一个参谋人员在向报话机喊:"101,101,你们到了哪里?你们到了哪里?"

报话机回答:"我们快到摩天岭,快到摩天岭了。还有10公里,还有10公里……"国民党李部参谋继续喊:"赶快向我们靠拢,赶快向这里靠拢!"对方回答道:"你们要沉着,要沉着!你们也赶快向我们这里靠拢!"国民党李部参谋喊道:"我们已经派了突击部队向你们靠拢啦!"对方回答:"我们还没有联络上,还没有联络上……"

摩天岭南边，国民党先头部队乘着汽车沿着两峰中间公路向山顶快速行军。

摩天岭北边，高营长的队伍在攀登陡壁。但是，摩天岭的山坡太陡了，战士们攀爬极为困难。张连长急中生智，指挥战士们把刺刀插在陡壁上，战士们迅速登着刺刀梯子攀上山顶。爬上山顶的战士们将手榴弹投向国民党，国民党溃退。

高营长和教导员站在山顶上对大家说："同志们，有我们在，就有摩天岭在！"教导员给大家鼓劲儿："我们一定要坚持到底，保证凤凰山全线总攻的完全胜利！同志们有没有把握？"战士们齐声高呼："有！"雄壮的声音震撼着山谷，山谷中飘荡着自信而有力的回音。

三

摩天岭南边半山间的公路上，国民党张军长站在车头用望远镜朝摩天岭察看："向凤凰山喊话。"于是国民党参谋长接过话筒喊道："602，602，我是101，我是101。你们赶快向我们靠拢！向摩天岭靠拢！"

报话机回答："我们已经很困难了！我们已经很困难了！请你实践诺言。赶快伸过手来……"突然报话机内传出声音："不准动！举起手来！"国民党张军长等人吓得退缩数步。这时，张军长已经明白了自己同僚的命运。

国民党参谋长沮丧地说："共军控制了摩天岭左右的507、509高地，我们攻击部队已经损失了两个半团。"张军长不愿认输，"命令所有炮兵，向摩天岭轰击！"

摩天岭炮火连天。高营长在营指挥所工事内接听电话："师长，向您报告，国民党第三次冲锋又被我们打退了，现在正向我们阵地炮击。"师长对一营的战绩很满意，鼓励道："沉住气打！告诉你，刚才军部通令嘉奖我们,特别嘉奖你们一营。凤凰山的伟大胜利是和摩天岭的英勇阻击战分不开的。"高营长焦急地问道:"师长,我们什么时候收拾摩天岭的国民党?"

师长笑着说:"你别着急,现在战役正向最后目标发展。我们凤凰山的主力已经开始向摩天岭的国民党左右两侧运动。你们稳坐钓鱼台,在摩天岭吸引住国民党的主力。只要他们不跑,胜利就来得快了!"

炮声中,摩天岭南边公路上,国民党步兵继续向摩天岭运动。美式军用帐篷内,坐着国民党张军长、参谋长及几个下级军官。他们围守着电话机和地图讨论着什么。张军长从美式军用椅上站起来不停地来回走动,他心里着急万分。帐外摩天岭方向炮声隆隆,左右电报机"嗒嗒"地响着。

一个译电员匆匆走进帐篷,将一份电报递给张军长。张军长阅完后说:"国防部和美国顾问团正在商讨新的作战计划,命令我部立刻撤回桃村一线集结待命。"传达完后,他骄横地说道:"哼!就算共军的腿跑得快,总跑不过我们的汽车轮子,立刻行动!"

摩天岭解放军阵地一片硝烟。工事被炮火摧毁殆尽,战士们被尘土掩埋,仅露出手中的枪和头上的钢盔。一批马队从山沟小道上奔驰而来。骑在马上的是师长、团长及参谋人员。张连长连忙向工事里大声呼喊:"同志们!师长来看大家啦!"战士们一个个从被尘土掩盖的工事中跳出来向师长敬礼。

师长感动地说:"同志们辛苦了!"战士们齐声说:"首长辛苦了!"师长兴奋地说:"我们的胜利是越打越大了,但是国民党还调皮得很哪!他们已经跑了。"高营长沉着地说道:"请求上级允许我们参加这次战役直到最后胜利!"

团长向师长无奈地笑了笑。师长的眼睛向所有的战士扫了一下,"好吧!大踏步前进!"每个战士都换上了新鞋子,张连长也换上绣有"送给人民功臣"字样的鞋子。丁宝山将绣有"胜利归来"字样的新鞋子交给营长换上。

赵玉敏领着游击队,在山腰上,在青纱帐里,在河沟边奔跑。国民党汽车满载国民党士兵如同串珠似的在公路上迅速南撤。突然先头汽车触响地雷,后面的汽车立即刹住,国民党兵跳下车,慌乱地开枪。赵玉敏和二嫚等游击队员伏在山谷中的小树下露出了胜利的笑脸。

金黄色的晚霞映着庄严雄伟的沂蒙山。公路旁一片高大的桦树丛林中,师长拿着红铅笔指着地图朝高营长、教导员、刘团长等说:"国民党正向桃村撤退,桃村是国民党进攻的跳板。国民党一定会重点据守的。这一仗打得好不好,要看我们能不能发挥高度运动、高度集中的作战特点。"

师长继续说道:"上级把正面主攻任务交给我们这个师。刘团长,命令你团要抄小路插到桃村以南,在今天半夜3点钟以前一定要拿下车站。不但拿下,而且要坚守到明天拂晓,等到我们大部队赶到之后,大家合力聚歼全部国民党!"刘团长领命。

师长望着自己的爱将,关心地问道:"8个钟头要赶90里路,还要翻一个大山,任务是相当艰巨啊!"师政委接着说道:"这个'中心开花'打得好,对歼灭国民党这个主力,有决定性的作用。攻夺桃村车站这个任务……刘团长,你准备交给哪一营?"

高营长毅然抢着说道:"任务交给我们一营吧!我们营对桃村一带地形熟悉,保证在今夜3点钟以前拿下车站,迎接大部队!"师长满意地朝师政委、刘团长点点头。

暮色苍茫,高营长的队伍跑下公路,在蜿蜒崎岖的山道上前进。

众卫兵簇拥着国民党张军长、参谋长走过桃村大铁桥。张军长走到桥中心突然停住,"参谋长,这座桥有多长?"参谋长想了一下:"大约有150公尺。"张军长冷冷地问道:"如果重建这座桥要费多少时间？"参谋长想了想："最快也要一个月……军座的意思是要炸桥？"张军长说："不，仅仅是准备，以防万一。这条沂河是我们天然的屏障。你立刻命令工兵连安上两千斤炸药。"参谋长立即回答道："是。"

铁桥南岸巨大的碉堡上一盏探照灯照着铁桥。国民党军队陆续过桥，一辆满载炸药的探险车朝铁桥开来。开车的是一个身着黑制服、戴工人帽的老司机，名叫何大龙，与他并肩坐着的是国民党工兵连长。探险车开到桥口停住，工兵连长指挥工兵们扛着装满炸药的箱子向桥心跑去。

何大龙走到车头跟前，掀开水箱试探了一下，又走回车厢取出铅桶，向河边走去准备提水。国民党连长赶上来说："我跟你去！"何大龙走下河沿，他用手电筒照路。何大龙一面提水一面盘算着怎样通知游击队。突然，他扑上去将国民党连长打落水中，拔腿奔向东边的桃村方向。

在距离大桥几里远的西边，高营长正领着部队用各种器材渡河。探照灯的白色光束掠过他们头顶，他们迅速卧下。趁着光束掠来掠去的空隙，他们迅速地渡河。部队在黑夜中静悄悄地向南疾进。

车站方向，枪炮声顿起，国民党军与解放军正在进行激烈的战斗。高营长等冲上月台，炮弹飞来在近处爆炸。黑烟中，高营长头部被弹片擦伤，教导员、丁宝山抢上前扶住，小卫生员赶忙上前进行包扎。营长头上裹着纱布，和教导员从月台上走来，在阵地上巡视。

突然，夜空升起两颗白色信号弹，接着各色信号弹升起，一阵密集的炮火向车站袭来。高营长大声喊道："各就各位！扑灭国民党的反击！"车站被炮火包围，新一轮的战斗已经开始。

解放军在公路上，在山谷里，在各个道路上，由北向南疾进。隐隐能听到炮声，看到火光，看来部队离战斗地点已经不远了。

四

赵玉敏从何大龙那里得知国民党的意图后，便想无论如何不能让国民党把桥炸掉。她和游击队员们商量一定要想办法保护大桥，让解放军主力部队赶上来消灭此股国民党军。

黑夜里，按照何大龙的指点，赵玉敏带领着十几个游击队员跑下山坡。他们沿着沂河南岸河堤向大桥疾奔。突然桥口探照灯朝东边扫过来，白光掠过他们的头顶。赵玉敏他们屏住气贴在地上，顺利地避过国民党的探照灯，来到桥南岸了。

何大龙指着那两股炸药导火线轻轻说："这两股线一接通，炸药就爆炸。只要能把它剪断，大桥就能保护下来。"赵玉敏借着探照灯掠过的白光朝前面察看：在他们前面不远处，有一层鹿砦，再往前是铁丝网，网上拴着响铃。如果不小心碰到铃铛，会立即引起敌人的注意。再往前就是铁轨，两股炸药线横躺在枕木上。

探照灯熄灭，一个游击队员指着东边的一座倒塌的土窑，对赵玉敏说："队长，我看在那边土窑上架一挺机枪掩护。如果国民党发现了，就开火，把国民党火力吸引到东边去。"赵玉敏说："好，你和二嫚就担任这个任务。这里由我们负责。"

赵玉敏和柱子向鹿砦爬去。爬到铁丝网前，他们轻手轻脚地用钳子剪开铁丝网。柱子爬进去时，裤脚管被铁丝网扯住，碰响了网上的响铃。铃声"叮叮当当"地传了开来，碉堡上的哨兵发觉了异常情况。碉堡枪眼中重机枪开火，柱子中弹，横倒在铁丝网下。同时，土窑上游击队机枪手也开火。国民党的火力转向土窑方向。赵玉敏嘴里叼着铁钳穿过铁丝网，爬过柱子的尸体，朝铁轨爬去。赵玉敏蓦地从地上跳起来，冲到枕木上，一把抓住炸药的导火线，用钳子剪断。

大桥的独立屋内，国民党连长伸手将电源闸刀拉上去，紧捂双耳，却久久没有听到爆炸声响起。

桥口，国民党士兵朝赵玉敏蜂拥而来，受伤的赵玉敏眼看就要抵挡不住。正在危急之时，解放军先头部队已冲上铁桥。一片喊杀声中，国民党兵溃退。

车站炮火连天，硝烟弥漫，高营长和他的战士沉着射击。国民党铁甲车冲进前沿阵地，向解放军阵地突进炮击，步兵紧随铁甲车后。

铁甲车愈攻愈近了，指导员在工事里拿过一支重伤号的步枪，跳出工事大声呐喊："共产党员跟我来！"他端起步枪向国民党扑去，战士们一个、两个、三个跟着冲上去。

突然，大桥方面排炮齐鸣，炮弹纷纷落到了桃村。高营长激动地挥动着指挥旗喊："我们大部队来啦！冲啊！"司号员吹冲锋号，战士们由工事中跳起来，呐喊着向桃村方向冲去。在解放军排山倒海的气势下，国民党狼狈北逃。解放军从四面八方涌进桃村。

战士们端着刺刀，押着一群俘虏走过。俘虏群中，四个国民党军抬着一副美式担架，担架上躺着一个人，毛毯将这个人浑身上下盖得严严的。高营长好奇地问道："担架上是什么人？"刘永贵高兴地说："报告营长，是国民党的军长。"

高营长挥手命担架停住，伸手掀开毛毯一角。国民党张军长戴着船形帽，额上缠着白绷带，紧闭双眼，一声不响地躺在担架上。国民党参谋长头上也裹着绷带，两手抄在大衣口袋里，跟在担架后面，随着俘虏向北走去。一群马队迎面奔来，马上是师长、师政委、团长等人。高营长等迎上去，师长和师政委翻身下马，和高营长等热烈握手。

师长高兴地说道："同志们，你们打得好，打得好！"师政委也露出满意的笑容，"军部传令嘉奖你们一营全体指战员。"高营长、教导员等的脸上露出了久违的笑容。高营长谦虚地说道："功劳是党和人民的，是毛主席和朱总司令的。"

师长赞许地点点头："对，对。今天我们能获得这么大的胜利，主要是因为我们忠实地执行了毛主席的战略方针！只要有毛主席和朱总司令的领导指挥，只要有广大人民的支援，今后我们就能歼灭更多的国民党，获得更大的胜利！"

师长大手一挥，斗志昂扬地说道："同志们，乡亲们，战争还没结束，为了争取更大的胜利，我们要继续前进！"三个年轻的司号员跳上冒烟的装甲车顶吹响了前进号。

精神饱满的战士们踏着雄壮整齐的步伐，高歌前进。桃村群众簇拥在大路两边，纷纷把各种水果、干粮塞给战士们。高营长、教导员骑在马上。战士们个个脸上显出笑容，向赵玉敏等人挥手。桃村大路两旁人群中，赵玉敏、赵大娘、二嫚、何大龙、刘永贵媳妇抱着孩子，朝前进部队使劲地挥手。

晴空万里，白云片片，美丽而庄严的祖国原野辽阔无际。运动战歌声响彻云霄。

影评选粹

史诗风格·虚实结合

《南征北战》是我国第一部富有史诗特点的战争影片。它以恢宏的气势和壮阔的场面，表现出解放军华东部队在七战七捷之后，大踏步后退山东。他们以灵活的战略战术，彻底打破了国民党军队南北夹攻的妄想，赢得了重大的军事胜利。

影片详实地描写了部队撤退时，战士们不满情绪的真实表露，如张连长、刘永贵等人对于打了胜仗仍然撤退的决定非常不满，甚至有人说风凉话，要留在地方工作。在高营长的耐心开导下，最终大家理解了战略撤退的真正目的，高高兴兴地投入到阻击敌人的准备工作中去了。

影片的叙述手法非常熟练，叙事以点带面、虚实结合。实写的是：一营在大沙河阻击南部敌军；在凤凰山总攻开始前在摩天岭打增援；孤军深入，占领将军庙车站，协助完成整个大部队进行反攻这三次特殊任务。虚写的则是凤凰岭总攻以及纵队消灭南部敌人的过程。影片仅用数个全景镜头及几个镜头的组接，便简洁明了地交代了剧情。这样的虚实结合，既清晰地描写了整个战局，同时又突出了人物形象。

正如电影史专家尹鸿、凌燕评价的那样，以《南征北战》为代表的电影充满了来自于那个时代的"真情实感"——这种简单、朴素、热情和充满时代气息的风格和精神特质，是以后任何时期的影片都无法比拟的，黑白影片的魅力属于那个特定的时代。

精彩回放

这部电影非常重视场面的多层次构图和全景描写。解放军撤出山东时，蜿蜒的队伍从画面右上到左下，后景则是两队随军转移的老百姓的队伍，当再加上一支骑兵从远处奔驰而来，使画面构图既有层次感，又充溢着宏大的气势。

平行蒙太奇手法的运用生动地再现敌我双方从两侧分头抢占摩天岭的紧张场面。就在解放军抢先一步登上制高点之后，导演采用跟移拍摄的长镜头，将镜头不间断地移动到即将冲上来的国民党军队那里，完整地表现出两军争分夺秒抢占有利地势的紧张气氛。

大决战

> 看来我不得不离开南京,离开我亲手创建的首都了。
> ——北平和平解放前夕,蒋介石叹道

影片档案

出品:八一电影制片厂
编剧:史　超　李平分　王　军
导演:李　俊
主演:古　月　刘怀正　郭法曾

荣誉成就

作为《大决战》的三部曲,《辽沈战役》《淮海战役》《平津战役》共同荣获 1992 年中国电影家协会金鸡奖最佳故事片、最佳导演、最佳美术、最佳剪辑、最佳道具、最佳烟火六项奖;大众电影百花奖最佳故事片奖和广播电影电视部优秀影片奖。作为一部气势宏大、规模空前的作品,它是中国电影史上具有开创性的鸿篇巨制。

剧情故事

辽沈战役

在中华人民共和国辉煌的解放战争史上,曾发生过一场决定中国人民前途命运的大决战。那就是震撼世界的三大战役 —— 辽沈战役、淮海战役、平津战役。而最先打响的便是辽沈战役。

一

为了夺取全国胜利,1948 年 3 月,中共中央根据全国形势发展的需要,决定撤离陕北。此时,中央领导同志和中央机关人员正乘着几叶小舟横渡黄河。站在船头的毛主席对身边的周恩来和任弼时说:"我们就这样匆匆忙忙地告别了陕北……"

"是啊,等以后什么时候回来,我们要去看看河西走廊……"周恩来意味深长地说。

在南京国防部,蒋介石站在巨大的军事态势图前思索片刻,转身对站在面前的国防部长何应钦及罗泽闿说:"美国顾问团巴大维团长建议撤出东北,哼,又岂止是建议,简直是命令。"接着他不无忧虑地说,"东北 50 万国军不战而退,国际上会怎么看我们,民心、军心会受到怎样的影响?放弃东北几省,华北又将如何?"

这时，国民党参谋总长顾祝同匆匆走了进来，将一份电报交给蒋介石说："委员长，延安、太原、大同的测向台几乎同时发现，共产党总部的电台全部消失了。"

"毛泽东呢？"蒋介石以疑惑的眼光看着顾祝同。

"去向不明，我们正在侦察。"

"那你的判断呢？"

"我认为共党总部已向华北迁移，毛泽东等很可能要同刘少奇、朱德会合。"

"毛泽东站在黄河东岸，他的眼睛首先又会盯在哪里呢？"蒋介石暗自思忖。

1948年初夏，毛泽东、周恩来、任弼时率领中央机关和人民解放军总部从陕北出发，先后到达位于河北省西部山区的西柏坡，与刘少奇、朱德率领的中央工作委员会成功会合。西柏坡松柏掩映，炊烟缕缕，薄雾朦胧中透出盎然生机。此后，这里成了人民解放军最高统帅部，连接着全国各战区的神经中枢。

在简陋的办公室内，毛泽东对坐在身边的周恩来说："要林彪南下北宁线，要粟裕带几个纵队过长江，深入到敌人深远的后方去，这是年初就定下来的事情。结果如此，腰来腿不来，怎么得了嘛！"

在东北野战军（简称东野）司令员指挥室内，林彪一边看着中央军委发来的电报，一边习惯地将炒熟的黄豆放进口里。局势严峻，而中央又一再催促，下一步怎么办，他想了又想，一时决断不下。

东野政治部主任谭政也在思索如何贯彻中央的电报指示。他看完电报说:"军委的意向很明确,是要我们长驱南下,先切断北宁线,堵塞卫立煌陆上的退路。"

"我反复看了军委2月7日的电报,主席的意图是让我们抓住卫立煌集团,不让他撤到关里去。"东野政委罗荣桓端着杯子走向林彪说。

"军委提出的是两个作战方向。一是打沈阳周围的抚顺—铁岭一线,二是打锦州附近的义县—锦西—山海关一线,并没有肯定是打哪一个。"东野参谋长刘亚楼提议说。

经过一番讨论后,林彪最后表态:"只要我们抓住长春郑洞国这一大坨子敌人,卫立煌不会丢下他不管。眼下打锦州,条件还不成熟。锦州范汉杰兵团15万人,比长春还多5万,很明显,打锦州是一步险棋。我们决心不变,还是先打长春,搞攻城打援。"

在日本战犯冈村宁次住所内,国民党国防部长何应钦特意向冈村宁次征求对东北战局的看法和意见。冈村宁次出谋划策说:"日本军界有一句名言:宁可放弃本土,也不放弃满洲。不妨把主力收缩在锦州一线,待机而动……"他拿起放大镜看着地图接着说,"所幸的是,从满洲共军的动向看,他们尚无此敏感。"

很快,林彪率领十分强大的东野部队浩浩荡荡地开进了长春,与敌军展开了激烈的战斗。由于敌人火力猛烈且顽固抵抗,攻城部队一直没有进展。参谋长刘亚楼对着话筒火冒三丈:"你们干什么吃的!一个大房身机场都攻不动,重新组织攻击,不打痛郑洞国,廖兵团不会出来。"

国民党东北"剿总"总司令卫立煌似乎看出了其中的奥妙,故对长春迟迟不发援兵。他对国民党第九兵团司令廖耀湘说:"廖司令,林彪一直等着你率九兵团驰援长春呐。"

"他摆开8个纵队迎接我,够看得起我了。"廖耀湘说。

"让他耐着性子等好了,眼下,解放军对长春采取了'围而不打'

的战术，意在吸引更多的敌人援助长春，好——歼灭之。"卫立煌一副成竹在胸的样子。

最终，林彪下达了停止进攻的命令。

二

1948年9月13日，中共中央在西柏坡召开政治局会议。会上提出战略方针和任务：军队向前进，生产长一寸，加强纪律性，革命无不胜，建军500万，歼敌500个旅，5年左右从根本上打倒国民党反动统治。

最后，在毛主席和党中央领导人的一致表决下，林彪确定了攻占锦州、山海关、唐山一线的决心，并配合华北部队负担歼灭卫立煌、傅作义35个旅左右。遵照中央部署，东野多路纵队浩浩荡荡南下北宁线，辽沈战役由此拉开序幕。

为廖兵团西进问题，卫立煌与奉蒋介石之命前来督战的参谋总长顾祝同展开了激烈的争吵。顾祝同考虑到林彪放弃围攻长春而南下，意在夺取锦州，认为廖兵团应立即西进，与葫芦岛军东西夹击林彪主力。但卫立煌坚决反对，他认定廖兵团出兵沈阳必定是凶多吉少。顾祝同见卫立煌毫不让步，生气地说："我没有想到，你们竟然这样贻误战机，我不能代你们负责。"说罢，气呼呼地拂袖而去。

不久，蒋介石亲临东北，指挥作战。蒋介石在众将领陪同下走进灯火辉煌的东北"剿总"宴会大厅。面对上百名国民党党政军要员，蒋介石开始训话："我想，诸位会明白，我这次来沈阳非同往常。不达目的我是不好飞回南京去的。我已指令华北调精锐部队由葫芦岛登陆向东攻击，东西合击，一举歼灭林彪主力。"

当林彪得知敌军在葫芦岛先后增加共3个军4个师的兵力后，便向军委发去电报，决定改变原定的作战部署，回头再打长春。毛泽东看完电报气愤地说："简直是儿戏，这个林彪！"说着生气地

将电报扔到地上,起身下床穿好衣服,接着说,"5个月以前长春本来好打不敢打,2个月以前同样好打又不敢打。现在部队已南下,锦州外围也打响了,刚为葫芦岛增兵,其实这个变化并不大嘛,可是他又要回头打长春。这个林彪啊!"随后,毛泽东亲自给林彪写了电文,命令他10天内拿下锦州。

中央的紧急来电,使林彪感到事态的严重,林彪怀着复杂的心情走出车厢,透过烟雾,顺着站台,缓缓地走着,思索着。罗荣桓走下车厢迎着林彪走过去。

两人对视片刻后,罗荣桓说:"电报发出时间不长,还可以挽回。"

"刘亚楼!"林彪止步沉思,猛然回过头对刘亚楼命令道:"以四纵、十一纵加两个独立师,强化塔山防线。二、三、七、八、九,五个纵队,加六纵十七师包打锦州,十纵加一个师在黑山、大虎山一线阻击廖耀湘兵团,十二纵加十二个独立师围困长春,五纵、六纵两个师监视沈阳,一纵做总预备队。"

在重庆号巡洋舰会议室里,蒋介石正襟危坐,训示部下说:"这次我军由葫芦岛出奇兵东进,对林彪犯锦州之主力施行夹击。这是一个锁链式的整体构想,如期攻占塔山是重要环扣……"最后,蒋介石命令海军总司令桂永清,把炮弹全部打到塔山去。

在锦州外围战斗中,敌人用9个师的主力,在40余门重炮、两艘军舰配合下,向塔山、配水池、白台山、打渔山一线阵地,发起全线进攻。经过炮火洗礼的阵地,一下子变得满目疮痍、尸横遍野、一片狼藉,到处在燃烧,到处在冒烟。敌军依仗优势的兵力和先进的武器,很快突破了锦州外围阵地,并且东野的补给线也被廖耀湘掐断,粮食弹药无法接济。

此时,离总攻锦州的时间不到两小时。锦州这一仗打得如何,将关系到整个战局的成败。

战士们严阵以待,准备迎接总攻的到来。沉着镇静的罗荣桓也焦急地等待着总攻的到来。而肩负重任的林彪在决战前夕,显得异常从容、镇定。

1948年10月14日11时,锦州总攻开始,霎时间几百门大炮齐发,锦州城外陷入一片火海。在猛烈的炮火轰击下,国民党军阵地被削平,炮被炸哑,城墙坍塌,其阵地被茫茫火海所笼罩。

东野战士在强大的火炮掩护下,纷纷冲向土城,开始对锦州城的地面展开攻击。由于敌人在锦州城外设置了密密麻麻的鹿砦和铁丝网,并且挖了一条宽十余米,深四五米的大沟,攻城部队在前进中受阻,被守城部队压制在护城河边。

就在这万分紧急时刻,被压制在大沟里的东野连长忽然看到身边有一门炮,他灵机一动,高声喊道:"谁会打炮?谁会打炮?"一位解放军战士爬过来报告说他在义县那边当过炮兵。于是,连长命令他赶快装上炮弹,照准敌人的土城轰击。

在炮火的轰击下,土城城墙上的敌人碉堡很快就被炸飞,东野战士们高举红旗向城墙冲了过去。

锦州范汉杰指挥所内，国民党参谋长正在接电话，电话里告称："锦州城区已被突破。"之后，蒋介石乘专机来到沈阳，将国民党徐州"剿总"副总司令杜聿明以原职调来东北，任卫立煌的副总司令，兼冀热辽边区副司令官，并把司令部设在葫芦岛。

在锦州敌总机房内，几个身穿蒋式军服的女电话兵不停地呼叫着电话："喂，喂，司令部？司令部？"她们的声音被外面的枪炮声所淹没。忽然，一名走投无路的国民党少校军官冲了进来，精神狂乱地向女兵们嚷叫着："缴枪不缴女人！"说罢歇斯底里地向女兵们疯狂开枪，众女兵纷纷倒在乱枪之中。

这时，东野一排长带领战士们追击着冲了进来，当看到倒在地上奄奄一息的敌女兵们时，排长立即命令战士们为她们包扎伤口。

终于，东野战士击败了敌人，成功占领了东北重镇——锦州。

三

在西柏坡，军民们欢心地敲打着锣鼓，庆贺锦州会战的胜利。对于东野部队31个小时攻下锦州，毛泽东显得异常兴奋，他亲自给林彪、罗荣桓书写电报，表扬东野部队情绪高、战术好、指挥得当。

蒋介石为了迅速改变东北局面，以望扭转全国战局，不择手段的与傅作义秘密制订了乘虚偷袭党中央所在地西柏坡的详细计划。

对于傅作义准备偷袭西柏坡，中共中央已得到情报并有所准备。此时，西柏坡党中央革命根据地只有华北的七纵在前边，三纵、四纵还不一定及时赶得到。而傅作义又增派了3个师的兵力，浩浩荡荡地开了过来。面对如此险恶的境地，中共中央办公厅主任杨尚昆很是着急，请求毛泽东提前做点准备，但毛泽东不慌不忙，风趣地说："不忙嘛，蒋介石占领延安，赶着我跑。他在山下，我在山上；他在山上，我在山下；大路朝天，各走半边哪。"说罢，便又埋头

继续写文章。

很快,毛泽东揭露国民党偷袭西柏坡的文章《评蒋、傅匪军梦想偷袭石家庄》在中共广播电台播出了。当蒋介石听到广播的内容时,猛然站起,长叹一声:"听得出这是出自毛泽东的手笔,喜怒笑骂皆文章嘛,他骂我为蒋匪倒也公平合理,我骂他为匪骂了20多年了。"

在国民党九兵团指挥部所在地新立屯,廖耀湘向杜聿明坦率地陈述了自己想法,表达对当时战局的看法,最终二人达成共识:收复锦州已不可能,撤回沈阳也不是良策,唯一可行的明智做法就是经黑山、大虎山向南退踞营口。

在沈阳机场的停机坪上,蒋介石在美龄号飞机的机舱里分别召见各位将领,磋商战局。杜聿明首先来到机舱内觐见蒋介石。蒋介石高谈阔论东北战局,他认为采取东西对进的战术,一举收复锦州还是完全可能的。杜聿明一直沉默不语,不知如何向蒋介石陈述自己的意见。

这时,蒋介石收到一份来自东北"剿总"副总司令兼第一兵团司令官郑洞国发来的电报。蒋介石看完电报,大为不悦地嗔怒道:"什么只有以死报命,这简直是绝命电。"他在机舱内不安地来回踱起步子,并逼迫杜聿明制订出新的作战方案。

杜聿明经过一番思考，决定让廖耀湘部向黑山、大虎山攻击前进，进而收复锦州，退而向营口转进。蒋介石对杜聿明提出的新方案表示同意，并要他尽快去部署落实。

此时，被围困在长春银行大楼地下室内的东北"剿总"副总司令郑洞国呆呆地看着周恩来劝其率部起义的来信，陷入沉思。忽然，他听到外边自己部队放空枪的声音，深感大势已去。但是进是退，他仍未痛下决心。

这时，参谋长杨友梅走到郑洞国面前，轻声地叫了一声："副司令！"

郑洞国抬起头来，向各位将领发出命令："好啦！就委托你们去和对方谈好了。"

1948年10月21日，东北"剿总"副总司令兼第一兵团司令郑洞国率守军放下武器。这座被解放军围困了7个月的塞外春城——长春，终于宣告解放。

黑山地区，廖耀湘的九兵团在数架飞机的掩护下，浩浩荡荡地向西开进。当廖耀湘收到杜聿明发来的电报，命令部队向锦州方向攻击前进的电报时，便下令加快行军速度。为保障兵团主力顺利通过走廊地带，他又向属下一军长下令："加强炮火，以整营整团连续发起攻击，一定要拿下黑山。"

东野能否在黑山挡住敌人，是完成辽沈战役歼敌总目标的关键。黑山若有闪失，意味着九兵团就可能溜走。

敌人使用密集的炮火疯狂地向黑山101高地进行轰击，并且敌人的攻势一次比一次猛烈，东野阵地上幸存的人所剩无几。很快，密密麻麻的敌军在坦克的掩护下向黑山阵地扑来，101阵地危在旦夕。

林彪和罗荣桓很快分析出敌军的真实意图。他们认为廖耀湘攻击黑山、大虎山不是佯动，而是一个精密算计好的计划：廖耀湘若能打通黑山，夺回锦州，当然更好；打不通，可以吸引东野在黑山一线，掩护九兵团主力向营口撤退，只要占据营口，随时可以上船。

由此，他们制订出一个全歼第九兵团的战略部署：放弃锦、葫作战方案，顺手牵羊，诱使廖九兵团深入辽西，分成几块吃掉它。

东北"剿总"总司令卫立煌对杜聿明的所作所为颇为不满。为了保存实力，考虑再三后他对赵家骧说："请你立即派出工兵，到辽中几条河上架设浮桥，待廖耀湘山穷水尽之时，命他撤回沈阳来。"

此时，廖耀湘正按照杜聿明的命令，让第九兵团全力向营口方向突进。当收到卫立煌命令第九兵团立即从大牛屯一线撤回沈阳的电报时，廖耀湘坚决不从，表示只能按照杜副总司令的命令行事。这时参谋长杨焜说："司令官，现在向营口转进实际上已无可能，共军第七、第十一纵队已经插到大虎山和台安一线布防，我先头部队也在台安以西遭到共军主力的截击。"

"台安那边哪来的共军主力？充其量是个把独立师。"廖耀湘武断地说。

"独立师不会有那么多大口径火炮！"杨焜说。

廖耀湘听后有些茫然。其实，那十几门重炮都是从国民党军手里缴获的，却被二师派上了大用场。国民党军一看重炮，把他们当成了大部队，一下就缩回去了。

一天夜里，东野一名干部在为部队找房子时，发现了一敌军需官，将其击毙。这时，周围敌人的汽车灯一下全亮了，四下里同时枪声大作。东野突击小分队战士们冲了过来，误打误撞将敌九兵团司令部——胡家窝棚，成功捣毁。但小分队的战士们除几名重伤外，其余全部壮烈牺牲。

最终，廖耀湘下达了第九兵团向沈阳撤退的行动命令。

东野作战室内，林彪、罗荣桓、刘亚楼仔细研究战局。最终，决定对敌军采取先堵，然后围而歼之的作战计划。

在东野的大力进攻下，廖耀湘的九兵团很快便溃不成军。在连续不断的枪炮声和爆炸声中，到处是混乱逃窜的国民党军，到处是燃烧的汽车、冒着浓烟的装甲车。此时，国民党军已彻底失去指挥，更谈不上有效的抵抗。

与此同时，在辽西上空乘飞机视察的杜聿明望着被团团围困的九兵团，痛苦地靠在舱壁上，紧紧闭上了那失魂落魄的双眼，心中默叹：大势已去矣。

北平蒋介石寓所内，蒋介石一副忧心忡忡的样子。东北战场的节节失利，让他心力交瘁。忽然，蒋介石猛烈地咳嗽起来，他用手帕去接，一团鲜血喷了出来。

很快，东野战士们如潮水般从四面八方涌了上来，杀进了国民党军阵地。慌乱不堪的国民党军，纷纷举手投降。

在如长龙似的国民党俘虏中，第九兵团司令官廖耀湘主动站了出来，带领他的军队，交出武器，宣布投降。这位在东北战场上曾叱咤风云、不可一世的兵团司令，恐怕连做梦也不会想到今天会落个全军覆灭的下场。

东北"剿总"司令部内到处是散落的文件，一片狼藉。"剿总"总司令卫立煌被赵家骧强行架走，在"隆隆"的炮声中逃离了沈阳。东野战士们冲上沈阳中央银行大楼，将国民党旗扯下来，扔在了

地上。

1948年11月2日，东北最大的工业城市沈阳宣告解放。同日，营口解放。前后历经52天的辽沈战役，最终以中国人民解放军的彻底胜利而告终。此战役共歼灭国民党军1个"剿匪"总部，4个兵团部，11个军，33个师，共472 000人。从此，国共双方在兵力上的对比关系颠倒了过来。

淮海战役

一

1948年九十月间，人民解放军在取得辽沈战役胜利之后，国共双方力量对比发生了根本变化，解放军在兵力和战斗实力上都已占据绝对优势。中共中央主席、中央军委主席毛泽东考虑着下一步的战略行动，另一场决战即将在中国大地上上演。

中共中央书记处书记、中央军委副主席周恩来与毛泽东商议，由陈毅率领的华东野战军和刘伯承、邓小平率领的中原野战军联合作战，于11月上旬发起淮海战役。

河南宝丰中原野战军指挥部，刘伯承司令员正接受参谋长李达的报告，李达说一纵和豫皖苏部队已收集到1 000多条船，从颖河顺水而下，可以抢在黄维兵团之前到达太和、阜阳，从正面阻滞黄维。

在此之前，刘伯承向中央军委和在河南杞县的华东野战军司令员陈毅、中原野战军政委邓小平发电，建议陈毅、邓小平尽快截断敌徐州至宿县的铁路，造成全攻徐州之势。邓小平、陈毅相继看了这份电报，陈毅对此赞不绝口，连连说英雄所见略同。

大战在即，国民党驻徐州的"剿总"会议室内召开军事会议。南京政府国防部第三厅厅长郭汝瑰向与会者分析了当前形势，做出了一系列部署，表示放弃次要城市、集中兵力于津浦线两侧。

随后，顾祝同宣布说："现决定放弃海州、连云港，四十四军、一○○军划归七兵团指挥。"顾祝同还命令黄百韬率七兵团迅速集结，西渡运河，撤回徐州。与此同时，蒋介石正筹划调华北傅作义50万大军南下，华中黄维兵团也即将东进配合作战，众将领稍微安了一点心。

1948年11月6日，华东野战军向国民党黄百韬兵团发起攻击，浩浩荡荡的部队行进在黄淮平原上。淮海战役拉开序幕。

华东野战军代司令员粟裕正率部队行军，忽然接到黄百韬兵团正向徐州撤退的电报，他立即做出命令，要求各个纵队改变行军方向。

但急于撤回徐州的黄百韬的10万人马，却云集在运河岸边，一时过不了河，急得团团转。炮弹在岸上和水中爆炸，国民党军乱作一团，四处逃窜，呈现溃散之势。就这样，欲夺路逃回徐州的黄百韬兵团被解放军切断了退路。

何应钦与顾祝同向蒋介石汇报徐蚌前线战况，责怪徐州"剿总"指挥不利，蒋介石也叹息连连，他也没有料到粟裕竟来得如此迅速。

凌晨3点，军委又发来一封电报，要野战军立即攻占宿县。刘伯承指着地图说："蒋介石把他在中原的兵力部署称之为'常山之蛇'，我们在徐州以东围好黄百韬兵团，是夹住蛇头；牵制从华中来援的黄维兵团是揪住了蛇尾，现在要拦腰一刀，攻取宿县。"

奉蒋介石之命前来徐州"剿总"的杜聿明在飞机上默默不语。他刚刚丢了东北，此次来徐州恐怕也是凶多吉少。杜聿明到达后会见了各位将领，分析了当前的形势，说："徐州已经是前线了，我们要照前线的观念行事。徐州'剿总'形势严峻，如果不能出奇制胜，就很难扭转了。"

杜聿明提出：先集中兵力向西进击，得手后再回师向东，解黄百韬兵团之围。此主张有人赞同，有人认为过于冒险。杜聿明见状，悻悻地说："那就只有执行国防部的部署了。"

邓小平在征得了刘伯承和陈毅两位司令员的同意之后，将总攻时间改为当晚11时30分，陈司令员说："这样要得，可以打他个措手不及。"这样，中原野战军按计划于1948年11月16日攻占了宿县。

在西柏坡，毛泽东与周恩来商谈着淮海战场的形势。周恩来说："粟裕、张震8日电报建议，抑留刘峙集团在徐州一带，逐步加以歼灭；陈、邓8日来电，也提及要堵塞刘峙全军退路；伯承同志建议切断徐蚌线，都和主席出于同样一个积极意图。"

毛泽东建议扩大淮海战役的规模，牵涉到全局各个方面，但二人一时还没有想到完整的方案。入夜，毛泽东还在惦记着淮海前线的战况，他借着微弱的烛光，将军用地图铺在膝上，仔细地查看着、分析着。

南京国防部兵棋室，美国驻华联合军事顾问团团长巴大维正在发表讲话。巴大维说："总统先生、先生们，坦率地说，我并不认为国防部对徐州会战的部署是令人鼓舞的。"译员将他的话同步译出，众人听了他的发言，都不免吃了一惊。

巴大维继续说："克劳塞维茨说，主力会战不是为一个次要目的而进行的一般性战役，也不是某种随意伸缩的试探性行动，而是为夺取决定性胜利必须竭尽全力的殊死决斗。但是国防部的部署在多大程度上体现了这种积极进取的精神呢？"蒋介石听得很不耐烦，对这位巴大维团长没头没脑的指责十分不满。

在西柏坡中央军事作战室内，也正在召开重要的军事会议，中央五位书记——毛泽东、周恩来、刘少奇、朱德、任弼时全部到场。刘少奇（中共中央书记处书记、中央军委副主席）、朱德（中共中央书记处书记、中央军委副主席、人民解放军总司令）都做了发言。

这次会议客观地分析了全国的局势，指出国民党在政治、经济和军事上都丧失了优势，已经面临全面崩溃。淮海战役一旦开战，对解放军将十分有利。最后，五位书记举手表决，由刘伯承、陈毅、邓小平、粟裕、谭震林组成淮海战役总前委；刘、陈、邓任常委，临机处置一切；小平同志为总前委书记。

二

为救援黄百韬兵团，邱清泉、李弥共5个军16万人，由徐州向东猛烈进攻。在苏北兵团配合下，华野打援集团进行了阻击作战。大批敌机对我坚守的村庄不断轰炸，阵地上浓烟滚滚，陷入一片火海。

由于通往七十四军的电话线被炸断，邱清泉命令10分钟内接通线路，敌通讯兵丁小二经过一番努力，终于在布满尸体的地方把线路接通了。

电话接通后，参谋长告诉邱清泉，七十四军军长有重要敌情报告。七十四军军长报告："共军已全线撤退。"邱清泉听后，心头一阵高兴。其实，人民解放军主动后撤是为了吸引邱、李兵团深入。

徐州"剿总"借此大做文章，立即汇报到南京。霎时间，南京、上海的报纸、电台都趁机鼓噪，说"'徐东大捷'堪称徐蚌会战中辉煌绚烂之一页"云云。为此，邱清泉大摆酒宴，犒赏有功人员。

邱清泉为立功的丁小二颁发了一枚青天白日勋章，丁小二推辞不要，邱清泉冷笑一声说："你是个英雄，又是一个混蛋，青天白日勋章你不要，你想要什么？"之后，邱清泉吩咐，把俘虏的钱财奖赏给丁小二。

一架飞机飞来，在徐州上空撒下一张张传单，这是国民党当局在大造声势，吹嘘"潘塘大捷"等所谓的胜利，鼓舞士气低落的官兵们，好让他们继续英勇作战。

黄百韬的第七兵团被人民解放军围困在碾庄地区已经许多天，粮食越来越少，伤兵越来越多。看到"潘塘大捷"的传单后，黄百韬非常清楚，这是谎报军情，并对邱清泉的这种行为十分不满。

这时，国民党军第十二兵团正在涡河边疾进。黄维决定，部队继续加速前进，第二天强渡北河，第三天渡过浍河。已经被围困动弹不得的黄百韬对黄维抱有一丝希望。

黄维率部已到达南坪集。部下来报："十八军半数已经渡过浍河，没有遇到共军有力的抵抗，恐怕其中有诈。"黄维非常自信地说："我不相信共军敢于主动放弃这南坪集渡口，要知道这是他们可以凭借的最后一道天然屏障了。我相信，他们的血肉之躯终归难以抵御钢铁。"

淮海大地上，父老乡亲们踊跃支援前线，他们把爱都倾注到子弟兵们的身上。据统计，仅淮海战场，就出动支前民工543万，有88万辆太平车和独轮车、76万头黄牛和毛驴、29万副担架、30万根扁担参加了支前大军。

解放军某部举行了解放战士授枪仪式,粟裕与张震等走过来,当叫到"丁小二"的名字时,团长告诉粟裕,他是邱清泉兵团的一个通信兵,河南濮阳人。家乡搞了土改后,他的名下也分到一份土地,就连夜跑过来了,还带过来4个兵和4支卡宾枪。

粟裕走到丁小二面前说:"你刚加入人民解放军就已经为人民立了功,应该发给你一枚奖章才是。"丁小二仍推辞不要,只想换一身解放军的服装。粟裕听完丁小二的话后,把自己的帽子摘下来戴在他的头上。丁小二激动不已,向粟裕敬了一个礼。

攻克碾庄的战斗打响了。一门门大炮轰击着国民党军的阵地,碉堡、汽车和坦克都被炸上了天,士兵也被炸得七零八落,狼狈不堪。解放军战士勇敢地跃入水壕,向敌人冲杀过去。

在碾庄敌军指挥部里,黄百韬眼见大势已去,便在参谋长等人的护拥下,从地道里跑出来,躲在麦场上的一堆高粱秸里。望着外边的大火,听着耳边的枪声,黄百韬感到自己的末日已经到了。

黄百韬掏出手枪来,打算饮弹自尽,被部下发现,及时阻拦住了。但周围的一片喊杀声,让黄百韬明白,自己此次是在劫难逃了。最后,一枚子弹扫过来,黄百韬中弹,倒在了血泊中。

西柏坡毛泽东居室内,毛泽东盯着刘伯承、陈毅、邓小平的前线来电,陷入了深深的思考。毛泽东拿过军用地图,根据刘、陈、邓的来电,在地图上仔细察看。

淮海战役总前委指挥部内,刘伯承、陈毅、邓小平在焦急地等待军委复电。这时,参谋送来了军委的复电,三人不约而同地看着毛泽东的来电:"23日22时电悉:1.完全同意先打黄维;2.望粟(粟裕)、陈(陈士榘,华野参谋长)、张(张震,华野副参谋长)遵刘、陈、邓部署,派必要兵力参加打黄维……"

三人深深为中央军委和毛主席对战局的精准掌握、对自己的理解信任而激动。看来,中央完全同意他们上报的作战方案,并赋予了他们临机处置一切的权力。

顾祝同乘飞机到前线视察。飞临黄维兵团被围困的双堆集时,顾祝同要同黄维直接通话。得到顾祝同的赞扬,黄维非常得意,他对着话筒说:"共军轻视我防御力量,连日猛烈突击,皆为我击溃,伤亡在两万人以上,我拟趁敌人立足未稳,一举突破敌人的包围圈。"

邓小平来到担任阻击敌人任务的某纵队驻地。不久前,他们刚刚把突围的敌人堵了回去。陈毅司令员到前沿部队检查,看到战士

们制造的"飞雷发射器"。陈毅非常高兴,对下一步的战斗充满了信心。

应蒋介石之邀,蒋的高级幕僚陈布雷前来会见蒋介石。双方坐定后,陈布雷问:"听说夫人近期赴美洽谈军援,华盛顿只允许夫人以私人身份出访,是这样吗?"蒋介石听后很生气地说:"岂止美国人逼我,本党内有些人正冷眼旁观,期待着徐蚌会战失败,以促使局势变化,更有利于他们暗中图谋。"

陈布雷小心翼翼地向蒋介石建议,当务之急是收买人心。开始,蒋介石还在仔细听着,当陈布雷说到请宋氏、孔氏、陈氏甚至蒋夫人为国府捐献几千万美元时,蒋介石的脸色越来越难看。

陈布雷见蒋介石的脸上有愠色,觉得有些不安。等陈布雷惊惶地走后,蒋介石回到内室。宋美龄听到他们的谈话,批评了蒋介石的态度,但蒋介石不以为然。

陈布雷回到住所,看着墙上蒋介石写给他的条幅:宁静致远,淡泊明志。随后,陈布雷自杀身亡了。这位对蒋介石忠心不二、对三民主义崇尚不已的总统府国策顾问,离开了人世。

蒋介石在长子蒋经国陪同下,来到顾祝同公馆会见杜聿明。蒋介石的用意很明显,就是让杜聿明放弃徐州。经过一番思索,杜聿明对蒋表态:"既放弃徐州,就不可恋战;若恋战,就不可放弃徐州。"蒋听到杜聿明这么说,满意地点了点头。

蒋介石送夫人宋美龄去美国求援,宋美龄没有想到,此次赴美竟受到美方冷遇,中方提出的各种条件,杜鲁门都没有答应。更过分的是,美国政府给予宋美龄的总统会晤时间仅有半小时。

在国民党军徐州"剿总"会议室内,"剿总"副参谋长舒适存向众将领部署撤退事宜。杜聿明选择的撤退路线与上司指定的路线显然不一致。

杜聿明对国防部指定的撤退路线极为不满,他还在强调沿津浦路南撤是必需的。最后，杜聿明按照自己的想法让部队撤出徐州。在撤退的队伍里，夹杂着国民党的一些党政人员、军人家属和士绅百姓。人群像潮水一样，川流不息，拥挤不堪。望着这一切，杜聿明神情十分沮丧。

粟裕住所内，张震进来向粟裕报告说："司令员判断完全正确，敌人果然向萧县、永城方向撤退。"粟裕接过张震递过来的电报，仔细阅读。

三

在作战室，粟裕紧张地思索着：杜聿明率30万重兵南下，而华野部队经过多次转移，兵力已经达到极限。如果再出现失误，让杜聿明跑掉，或者和黄维兵团聚在一起，将给整个战役带来很大损失。

撤退中的杜聿明接到了蒋介石派飞机空投的亲笔信。只见信上写着："弟部今日仍向西进，如此行动，坐视黄兵团消灭，我们将要亡国灭种。望弟迅速令各兵团停止西进，转溪口取捷径解黄兵团之围。"杜聿明十分恼火，对蒋介石的直接干预极为不满。

陈毅致电粟裕，夸赞粟裕仗打得漂亮。接到总前委的电话，粟裕很高兴。当陈毅问他那边情况如何时，粟裕表态说："请总前委放心，北线7个纵队尾随追击，南线3个纵队迂回拦截，我们决不放杜聿明过去。"

华东野战军采取三面突击、一面堵截的战法，各纵队展开了空前大规模的追击战和截击战。经过努力，华东野战军终于赢得了时间，至1948年12月4日，将杜聿明合围在距徐州非常近的陈官庄一带狭小地区。

邓小平建议，提前对黄维发起总攻，把杜聿明放在后面，这得到刘伯承的赞同。他还提出集中足够兵力，避免持久作战。围歼黄维兵团的战斗就要打响了，各部队都在等待总攻开始的命令。

冲锋号终于吹响了，战士们纷纷跃出战壕，奋不顾身地冲向敌阵。国民党军据守的村庄，在炮火的猛烈轰击下，已经千疮百孔，尸横遍野。大地在震颤，空气在燃烧。解放军战士英勇地冲向敌人，喊杀声响成一片。

一个敌军官躲在倒塌的房屋里，拿起电话请求敌炮兵支援。随后，井台村下，敌人一排排炮弹，一个个房屋都被击中。战斗告一段落，邓小平和陈毅来看望刚刚结束战斗的部队。邓小平凝望着牺牲的烈士，沉痛地为他们哀悼。

在黄维兵团坚守的双堆集，国民党军疯狂地向解放军反扑，10余辆坦克，在炮火掩护下，向解放军发起了冲击。战壕里，战士们抬来了"新式武器"——用汽油桶做的飞雷发射筒。一条条导火索被点燃，随着引爆声，炸药包飞向敌方，在敌阵地上炸开了花。

掩蔽部里的黄维和几个人一同走出掩蔽部。望着溃逃的部队和周围燃烧的大火，黄维知道，一切都完了，十二兵团完了。他爬上一辆坦克，掀开顶盖钻了进去。黄维乘坐的坦克在一座木桥上被击中，成了人民解放军的俘虏。

1948年12月17日，在淮海前线萧县蔡洼村，粟裕、谭震林、张震等华野指挥员迎来了刘伯承、邓小平、陈毅等总前委首长。今天，他们将在这里举行第一次全体会议。

西柏坡周恩来住所内，北平地下党负责人刘仁来见周恩来，周恩来对刘仁说："这次请你来，主席想亲自听你汇报，傅作义那里有什么情况？"刘仁回答说："傅作义情绪有些反常，容易动怒。北平、天津布防在不断调整，空气很紧张。"

周恩来仔细地听着刘仁的话，心里思考如何让傅作义按兵不动。最后，周恩来做出决定，一定要把傅作义抑留在华北，让他犹豫不决。给他造成一个错觉，让他迟迟不敢从平津地区撤出。

白雪覆盖的陈官庄临时机场，一架飞机徐徐降落，国民党徐州

"剿总"副参谋长舒适存带着蒋介石的命令返回了,杜聿明亲自去迎接他。舒适存对杜聿明说:"总统说,空军已做好了准备,等天气好转,将使用甲种弹配合我们突围。"

按照蒋介石的指令,舒适存请杜聿明回南京养病。但杜聿明委婉地拒绝了,他说:"我很感激总统。适存,马上通知机场,飞机放空返回南京。我杜聿明决心与弟兄们共患难到底。"

舒适存不明白,杜聿明这次为什么又放弃回南京的机会,杜聿明心情沉重地说;"适存,你想想,我还能活着回南京吗?总统曾亲自对我说:'徐蚌会战,生死攸关,你杜聿明脱离指挥位置之日,也就是我不得不脱下军装之时。'有他这话,容我考虑后路吗?"

在前沿阵地的掩蔽部里,人民解放军前线广播站正在播放"敦促杜聿明等投降书"。解放军的宣传单纷纷落在国民党军的阵地上,士兵们都拾起来看,只见宣传单上赫然写着"敦促杜聿明等投降书"。杜聿明此时已四面楚歌,进退维谷了。

华野指挥部的院子里,粟裕司令员收到军委发来的电报,张震念道:"刘汝明、李延年兵团向北增援之可能性已大减,华野全军可多休整几日,养精蓄锐,只要杜聿明集团不大举突围,至下月5日左右开始攻击较为适宜。望酌办。"

粟裕认为先敲掉东边的李弥兵团,而后收拾邱清泉兵团,可以组成东、北、南三个突击集团,担任第一线,确定1月6日下午5时发起总攻。张震兴奋地说:"好!"

1949年1月6日,华东野战军对杜聿明集团发起总攻。解放军各路部队向敌人压过去。骄狂的邱清泉遭到致命的打击,早已失去了往日的威风,脸上充满恐惧。就在逃跑途中,一发炮弹在邱清泉前面爆炸,他挣扎着倒了下去。

淮海战役终于胜利了!消息传到西柏坡,中央首长十分兴奋。周恩来说:"估计杜聿明集团今天就可以解决了,淮海战役可以画

句号了。"朱德也高兴地说:"中原逐鹿,鹿死我华野、中野之手啊!"

最后,毛泽东舒了一口气说:"这一锅夹饭硬是让他们给吃下去了!"

1948年11月6日至1949年1月10日,共产党华东、中原野战军与装备精良的80万国民党军激战65个昼夜,歼敌55万人,创造了中外战争史上的奇迹!

平津战役

一

1948年11月6日,辽沈战役结束仅4天,淮海战役就打响了。蒋介石被人民解放军在东北和南线所取得的胜利所震惊。于是,他准备把华北的60万部队投入淮海战场,用于长江防线。毛泽东和中央军委及时命令东北野战军跨过古长城,会同华北解放军发起平津战役,以滞留傅作义集团于平津地区,分而歼之。

在这个关系到中华民族前途与命运的不寻常时刻,美国驻华大使司徒雷登会见国民党华北"剿总"总司令傅作义。傅作义陪同司徒雷登冒雨参观故宫。司徒雷登转达了美国的意见,请傅作义与美国留驻青岛的西太平洋舰队直接联系,把华北的60万部队撤到青岛去。傅作义表示调动部队要听南京国民政府的命令。

南京蒋介石官邸，蒋介石设宴款待傅作义，蒋经国和南京政府国防部长何应钦陪着傅作义一同进餐。蒋介石提出将华北部队调入中原战场，并委任傅作义就任东南军政长官。傅作义认为，不到万不得已不可将华北部队南撤。针对蒋介石的疑问，傅作义表示通过扩军，加固天津、塘沽防御阵地和完善北平碉堡系统，可以和"共军"进行较量。

最终傅作义说服了蒋介石后回到北平。他命令参谋长李世杰：放弃察绥，把部队转移到平津、塘沽方面，确保津、塘，这样可攻、可守、可走。回到官邸，傅作义对女儿神秘地说道："我想给毛泽东发个电报。"傅冬菊准备提笔记录，傅作义示意她默记在心里，以免走漏风声。

西柏坡中央军委作战室内，中央书记处五位书记正在开会。周恩来冷静地说道："傅作义把他的嫡系部队摆在北平以西，蒋系部队摆在北平以东。一旦形势不利，他的部队可以向西退到归绥，蒋系部队向东从塘沽上船逃之夭夭。"

总司令朱德说："林彪他们觉得困难很大，刚打完辽沈战役，想要休息一段时间，我们也刚刚批准人家休整一个月的计划。"

中共中央书记处书记任弼时说："淮海那边进入了紧张阶段，平津的敌人随时有可能南撤，东野要提前行动，越快越好。"中共中央书记处书记、中央军委副主席刘少奇说："丧失战机，我们要犯错误，是历史性的错误。"周恩来说："东野要尽快入关，是不是要华北第三兵团停止攻击归绥，以免刺激傅作义决策逃跑？"毛泽东点头同意，并指示："太原也立即停止攻击，马上电告徐向前。"散会后，毛泽东久久不能入睡，他看着地图，一个新的平津战线作战方案在脑海中形成了。

周恩来和夫人邓颖超正在预算战役所需物资。周恩来仔细地审视即将发行的人民币样品。新人民币设计新颖，突出了工农等群众的形象，突出了人民当家做主的政权特征，印刷也很精美。周恩来站起来走到薛暮桥面前说："你告诉东野，他们22日出发进关。"

毛泽东的卧室，毛泽东正在向周恩来谈自己的想法：要华北第三兵团迅速包围张家口，二兵团切断平津线，华北先遣兵团随时准备投入战斗，由程子华、黄志勇统一指挥平津作战。

华北军区第三兵团于1948年11月29日按时赶至并包围了张家口，平津战役开始了。第三兵团司令员杨成武和副政委李天焕在马上遥望着张家口。阻击三十五军的战斗在激烈进行着，十二旅的指战员们顽强阻击，有效地阻滞了三十五军的撤退行动。

华北二兵团司令员杨得志接到军委急电。政委罗瑞卿知道，毛主席一般是不会发脾气的，这次突然发脾气可见事关重大。为了加快行军速度，迅速越过大洋河，罗瑞卿命令部队蹚水过河。当时河里已结满了冰，寒冷刺骨。罗瑞卿率先下河的行为激励了战士们。战士们纷纷脱下棉裤，蹚着冰冷的河水渡过大洋河。为了节省时间，部队抄近路翻越陡峭的山岭向阻击地域前进，大家互相搀扶越过危险地段。山路太险，军马不易行进，不少落下深涧。十二旅的指战员不惜代价抗击敌人，为主力部队赢得了一天两夜的宝贵时间。解放军主力部队经过艰苦的长途急行军，终于赶到了阻击地点。

国民党三十五军军长郭景云接到了增援张家口的命令。傅作义和参谋长李世杰赶来为郭景云送行。傅作义说："林彪的部队一两个月内还不可能入关，共军进攻张家口不过是个局部行动，我马上派一〇四军进至怀来，十六军进至昌平、南口，和你一起先击破聂荣臻部，然后迎战林彪。"

在河北蓟县东北野战军先遣兵团指挥部，军委来电命令他们协同华北二、三兵团歼灭三十五军。司令员程子华命令各纵队立即出发。

参谋长李世杰报告傅作义：昨天夜里东北"共军"程子华、黄志勇兵团突然攻占了密云。傅作义一惊，立即命令三十五军撤回北平。由于三十五军装备精良，突击能力强，兵力多于解放军，已突破了十二旅的第二道防线，华北第二兵团主力还没有赶到。毛泽东对华北三兵团没能切断张家口和宣化之间的联系表示不满，并对东野先遣兵团打密云惊动了傅作义提出了批评。他生气地在风雪里站了两个多小时，直到周恩来告诉他，杨、罗、耿兵团主力正日夜兼程赶来，不会让三十五军撤回北平，才把他劝回了指挥所。

新保安城虽小，但战略位置十分重要。三天之内，华北野战军二兵团击退了敌人的东西夹击，将敌三十五军牢牢围困在新保安城内。东野先遣兵团消灭了敌十六军和一〇四军大部。由于平津前线告急，傅作义急忙把驻守天津、塘沽的蒋系部队三个军调往北平附近，连华北"剿总"总部也迁进北平中南海。

西柏坡作战指挥室内，看到人民解放军既抓住了傅系各部，又拖住了蒋系各部，实现了中央的战略意图，毛泽东和周恩来非常欣慰。周恩来说："东野主力还没有切断北平、天津、塘沽之间的交通，没有控制入海口。这个时候打新保安、张家口，会迫使傅作义从海上撤走。"作战部长李涛点头同意。毛泽东边看电报边说："从今天起至12月25日，两星期内对新保安、张家口围而不打。对北平、天津、塘沽等地，只是从战略上把它们分割开来，不作战役包围，待整个部署完成以后，从容攻击，逐个歼灭。这叫'围而不打，隔而不围'。"

二

军委命令东北野战军从1948年11月23日起全军出动。接到命令的东野的10个步兵纵队和特种兵部队70万人浩浩荡荡入关参战，先头部队已经抵达冀东平原，后尾还甩在锦州、沈阳。林彪、罗荣桓、刘亚楼等根据党中央的指示发布假消息迷惑敌人，造成解放军尚在庆功休整的假象。

解放军作战指挥室，林彪对刘亚楼说："命令随后跟进的第一、第二、第十二纵队从山海关直接入关。"跟进部队走山海关，直插天津、塘沽。华北军区司令员聂荣臻来到孟家楼村，与东野司令员林彪、政委罗荣桓会合。中央决定由林彪、罗荣桓、聂荣臻组成平津战役总前委，林彪为书记，统一指挥平津战役。

国民党天津警备司令陈长捷企图凭借城外的防御工事负隅顽抗，阻止解放军解放天津。面对强大的人民解放军，国民党军军心动摇，许多官员纷纷借故脱离部队。陈长捷勃然大怒，他绝不允许有人动摇军心，更不允许借故出逃。天津市长杜建时来见陈长捷，劝陈长捷按蒋介石的命令把部队撤到塘沽去。陈长捷对杜建时的一再劝说无动于衷。

傅作义下决心再次派人与解放军进行谈判。他派《平明日报》社长崔载之为谈判代表，李腾九处长的堂弟李炳泉陪同前往。

军委作战室内，毛泽东手指地图上的新保安说："先把塘沽、新保安拿下来。"

1948年12月22日7时，解放军向新保安国民党三十五军发起攻击。强大的炮火摧毁了敌人的防御阵地，为步兵开辟通路。东南城墙被解放军的炮火炸开，守城的国民党军眼看就要支持不住了。

杨得志、罗瑞卿、耿飚观察炮火轰击情况，指挥炮兵向新保安城内延伸射击。国民党军纵深防御工事被解放军的炮火覆盖，解放军突击部队英勇突进。22日9时，突入新保安城内的部队向敌核心工事逼近，攻城各部队从各个方向突破了敌人的防线，解放军如潮水般冲入城内，向三十五军军部逼来。绝望的郭景云在痛苦和无奈中举枪自尽。新保安解放了，杨得志、罗瑞卿、耿飚登上城楼观望新保安。刚刚经过战斗的新保安，战火的余烟未尽，城头上弹痕累累。

12月23日凌晨，国民党军张家口守军五个步兵师、两个骑兵旅约五六万人弃城逃跑。华北军区第三兵团杨成武、李天焕迅速指

挥部队围歼逃窜之敌。大量炮弹倾泻到敌人阵地上，逃窜之敌遭到灭顶之灾。

西柏坡卧室，毛泽东一边吃饭一边看着有关平津前线和傅作义的材料。周恩来说："可以考虑对傅作义不作战犯处理，在政治上给予相当地位，允许他收编一两个军，新保安、张家口被俘人员也可一律释放。"毛泽东觉得对傅作义及北平问题的解决，应该慎之又慎，考虑得越周到越全面越好。

北平景山山顶一座亭台上，傅作义与李世杰等人交谈："我走到这一步，时刻冒着三个死亡的危险！一是我秘密和共产党接触，一旦事情败露，蒋介石会以叛变罪处死我。二是我的部下想不通，就要在背后开枪打死我。三是共产党会按战犯处死我。"

西柏坡指挥所院内，中共中央五位书记正讨论和平解决平津问题。毛泽东最后说："要给傅作义定出一个最后期限，限他在1月14日午夜12时以前答复。过了这个期限我们就攻城，决不允许拖延。"

傅作义的办公室——中南海居仁堂内，傅作义翻看着《谈判纪要》，他觉得这份纪要与自己提出的要求差距太大了。傅作义猛然转身说道："实在不行，我向全国发出和平通电，然后自行解除兵权，让第四兵团司令官李文代理我的职务，我去南京向蒋先生请罪，听候处置。"

支前大军克服了重重困难，为解放军运送蔬菜和副食品。浩浩荡荡的船队沿着大清河把粮食、弹药等军用物资送往前线部队。天津杨柳青前线指挥部内，刘亚楼看看表，觉得磨蹭得差不多了，才来到师部接待室与天津市参议会代表们见面。刘亚楼对代表们说："我们可以宽限陈长捷4天时间，在13日5时前放下武器。"

天津警备司令陈长捷和八十六军军长刘云瀚等高级将领一同观察前沿阵地。陈长捷听了市参议会代表回来讲的情报，错误地将一五一师调往天津城北设防。

南京顾祝同寓所，顾祝同向美军顾问团团长巴大维转达蒋介石的意见，请美国西太平洋舰队司令白吉尔将军立即派陆战队进驻天津。巴大维明确表示美国不可能派兵进驻天津。

国民党著名抗日将领、傅作义的挚友马占山在私邸设宴，宴请傅作义和华北"剿总"副总司令邓宝珊。马占山对傅作义说："你很看重自己的历史和名节，不要因为你一人把千年古都打烂了，你也就不成其为抗日名将，而成为历史罪人了。"傅作义默默地听着，过了一会儿他对邓宝珊说："我想拜托老兄代我辛苦一趟。"

北平通县宋庄平津前线司令部，刘亚楼在给平津战役总前委书记林彪和总前委员罗荣桓、聂荣臻等人报告作战预案："我打算这样使用兵力：以第一、第二纵队组成西集团，为第一主攻方向，从和平门一带向前推进；以第七、第八纵队组成东集团，由东向西攻击，为第二主攻方向。为了给主攻部队有力的配合，准备以八纵、二纵一部在城北佯动，迷惑敌人。六纵十七师作为预备队。"刘亚楼胸有成竹地保证30个小时就可完成任务。

在西柏坡的办公室里，毛泽东决定发表《中共中央毛泽东主席关于时局的声明》，郑重表明中国共产党对和平谈判的态度，将国民党当局伪装拥护和平的真面目彻底暴露在世人面前。

1月14日10时整，解放军炮群对敌前沿和纵深阵地进行了长达40分钟的轰击。国民党军精心构筑的城防体系被摧毁了，阵地上一片火海。陈长捷苦心经营的天津外围工事顷刻间土崩瓦解了。解放军的炮火准确地命中了陈长捷的指挥部、警备司令部。攻城部队英勇奋战，至14日12时，人民解放军东西方向主攻部队分别突破天津城垣。又过了一个小时，解放军从南面突破敌防线冲入天津城区，再从三面向城内敌人突击，敌人很难再组织起有效的抵抗。攻城部队英勇顽强、前仆后继，大胆采用穿插迂回战术分割包抄敌人，几路部队同时向敌司令部攻击前进。

在平津前线指挥部，共产党方面宴请邓宝珊、周北峰。邓宝珊、周北峰为此心急如焚，紧张不安。他们不知道解放军攻击天津的结果如何，对下一步的谈判更没把握。

15日凌晨5时，攻城各路部队在金汤桥会师，天津守敌被彻底分割。解放军战士冲进国民党军的地下指挥所，陈长捷、刘云瀚等慢慢地举起手来。天津守敌被消灭了，华北最大的工业城市天津解放了！

金汤桥上，攻城部队各路大军胜利会师。从攻击开始到会师，总共才只一天多的时间。国民党军虽然顽固抵抗，但他们阻挡不住历史前进的车轮，阻挡不住人民解放军的钢铁洪流。

故宫护城河边，北平地下党负责人崔月犁对傅冬菊说："傅先生有什么举动，包括他情绪上的变化，第二天西柏坡就知道了，这多半是靠你了。你地位特殊，一旦有变，你的处境就危险了。你的书籍、资料、电话号码要统统烧掉。"傅冬菊听后点点头。

苏静准备和邓宝珊一同进城，林彪对邓宝珊说道："请转告傅作义将军，今天是16日，21日午夜12时之前，傅将军要宣布和平解放协议，公开表明立场，否则我军立即攻城。"

西柏坡军委作战室内，五位书记正和彭真、薄一波、叶剑英等研究解放北平的有关事宜。散会后，毛泽东在地图前久久深思，他边看地图边草拟发给平津战役总前委的电报："此次攻城必须做出精密计划，避免北京大学等高等学府及各文学和其他著名而有重大价值的文化古迹遭受损失。要使每一个部队首长完全明了，哪些地方能够攻击，哪些地方不能攻击。绘图立说，人手一份，当作一项纪律严格执行。"

在南京中华门，顾祝同、徐永昌、汤恩伯、俞济时等国民党高级将领陪同蒋介石登上中华门。蒋介石望了望众人："看来我不得不离开南京，离开我亲手创建的首都了。"众将领相望无言，蒋介石独自默默地走下城门，沿着石阶向下走去。

中南海怀仁堂会议大厅，傅作义召开了高级军官会议，王克俊向各部长官宣读《关于和平解决北平问题协议实施办法》。面对大家的起哄和骚乱，傅作义慢慢站起说："如果要讲失败，那是我傅作义个人的失败。以个人的毁败换取诸位和数十万将士们的新生，不容我犹豫计较。你们愿留在北平的我谢了，愿走的，请把话讲明，我送你们回南京。"

三

古城北平欢腾了。北大校园灯火辉煌，同学们自发地涌向广场，欢庆胜利，欢庆解放。同学们举起彩灯，扭起秧歌，迎接胜利的到来。北平人民兴高采烈地迎接解放，人们用各种方式欢庆胜利。

北平虽已和平解放，而傅作义的心里尚未解放，他有一种难言的失落感。北平城内国民党军队25万人按协议开赴指定地点接受改编，伟大的平津战役结束了。

就在傅作义将军宣布接受和平解决北平协议的当天，蒋介石正式宣布了"引退"声明，悄然回到他的故乡浙江奉化溪口去了。

为了彻底粉碎国民党统治，解放全中国，中央军委命令以邓小平为书记的淮海战役总前委继续行使领导军事职权，统一指挥第二、第三野战军和第四野战军一部的百万大军进行渡江战役。总前委成员在河南商丘张菜园一条小船上开会商议渡江战役事宜。大家一致同意4月15日开始渡江。

在西柏坡，傅作义、邓宝珊与毛泽东、周恩来等中共中央领导人会见。受中共中央的委托，傅作义将军后来在促成绥远董其武将军起义以及在其他国民党将领起义方面做了大量重要工作，为新中国的成立做出了重要贡献。

中央机关和人民解放军总部，中央的首长们在西柏坡住了9个月又29天，在这里指挥了震撼世界的辽沈、淮海、平津三大战役。1949年3月5日—13日，党的七届二中全会顺利召开，这标志着严酷的战争时期已经过去，党的工作重心将由农村转向城市。

1949年3月23日，就要告别西柏坡进驻北平了，毛泽东在自己曾指挥过三大战役的小院中推着石碾，回望着过去，思考着将来。最终，中共中央五位书记满怀信心地离开西柏坡，去迎接新的挑战。在全国胜利即将到来的今天，他们告别了这个小山村，前往北平。

经过数月筹备，中国人民政治协商会议第一次会议于1949年9月21日在北京隆重召开，与会代表熙熙攘攘走进会议厅。毛泽东热烈欢迎张澜、李济深等民主党派的领导人出席会议，孙中山的夫人宋庆龄女士更是专程从上海赶来出席会议。曾经作为国民党谈判代表团团长的张治中将军今天也作为代表出席会议。梅兰芳等各个行业的杰出人士也应邀参加会议，共商国是。毛泽东和代表们笑容满面地步入会场，在中华人民共和国即将诞生的前夕，召开政治协商会议，充分征求大家对建立新中国的意见和建议，表达了中国共产党人的伟大和真诚。

在中南海颐年堂，周恩来请代表们就国歌问题发表意见。郭沫若建议采用《义勇军进行曲》为国歌。歌词的作者田汉征询大家意见，是不是要将歌曲中的"中华民族到了最危险的时候"改一改。徐悲鸿、梁思成等人都认为不用改。最后毛泽东坚定地说道："'中华民族到了最危险的时候'，这句话不能说过时了，帝国主义和反动势力还在包围着我们，就是将来也是这样，在当今世界，你站在落后的地位上，也就是处在最危险的时候，国歌里提醒一下有好处。"

国歌的旋律响起，庄严的乐曲在每个代表的心中回荡。为了新中国，多少仁人志士前仆后继，抛头颅洒热血；为了新中国又有多少战士英勇牺牲，血染疆场。巍峨的长城，绵延万里，雄伟壮观；她象征着中华民族的民族魂，英勇顽强，不屈不挠。毛泽东登上长城，深情地望着祖国的大好河山。新中国诞生了，一个灿烂美好的新时代到来了！

一轮红日冉冉升起，她就像刚刚诞生的新中国，充满朝气与希望，预示着勤劳勇敢的中华民族将以崭新的面貌屹立于东方，屹立于世界民族之林！

影评选粹

气势磅礴的战争史诗

《大决战》是一部从正面描写战争场面的全景式的战争巨片。它人物众多、结构复杂、场面壮观、气势恢宏，生动形象地再现了当年大决战的惊心动魄的场面，热烈歌颂了这三场决定中国命运的决战。

影片的最大成功与魅力是实现了"诗"与"史"的高度统一。它所叙述的一切都在于史实，无论人物或事件，都做了逼真的还原。同时，它的这一切又都浸透着诗情哲理，伟大而壮美的历史事件与出色动人的艺术完美结合，没有任何矫揉造作。所以，它既是一幅举世震惊的人民战争的历史画卷，又是艺术家充满激情的动人礼赞。

影片十分注意调动画面的气氛，呈现出一种磅礴的气势和氛围。导演用电影的语言表现了革命战争的伟大力量和必然胜利，及敌人最终灭亡的前景和结局。它像浓墨重彩的画卷，又像斧凿刀刻的浮雕，成为一部辉煌宏伟的战争史诗。

精彩回放

在《大决战》的第一部《辽沈战役》中，蒋介石为了迅速改变东北局面，以望扭转全国战局，便不择手段，与傅作义秘密共同制订了乘虚偷袭党中央所在地西柏坡的详细计划。

对于傅作义准备偷袭西柏坡，中共中央已得到情报并有所准备。此时，西柏坡党中央革命根据地只有华北的七纵在前边，三纵、四纵还不一定及时赶得到。而傅作义又增派了三个师的兵力，浩浩荡荡地开了过来。面对如此险恶的境地，中共中央办公厅主任杨尚昆很着急，他请求毛泽东提前做点准备，但毛泽东不慌不忙，风趣地说："不忙嘛，蒋介石占领延安，赶着我跑。他在山下，我在山上；他在山上，我在山下；大路朝天，各走半边哪。"说罢，便又埋头继续写文章。

很快，毛泽东揭露国民党偷袭西柏坡的文章《评蒋、傅匪军梦想偷袭石家庄》，便在中共广播电台播出了。当蒋介石听到广播的内容时，陡地站起，不禁长叹一声："听得出这是出自毛泽东的手笔，喜怒笑骂皆文章嘛，他骂我为蒋匪倒也公平合理，我骂他为匪骂了20多年了。"

在这一片段中，通过国共两党首领的两句很典型的话语，生动形象地刻画出毛泽东风趣幽默、胆识过人的伟人风范及运筹帷幄的坦荡胸怀。这与蒋介石的背信弃义的丑陋行径以及深知大势已去的悲凉心境，形成鲜明的对比。同时，这个场景从侧面反映出战争局势转变的脉络。

兵临城下

共军的"诡计"都用在战场上，所以老是打胜仗。我们的"诡计"都用在官场上，所以老打败仗！

——郑汉臣对不怀好意的钱孝正说道

影片档案

出品：长春电影制片厂
编剧：白　刃
导演：林　农
主演：赫海泉　李默然　中叔皇

荣誉成就

这部影片可以称得上是长春电影制片厂和导演林农的巅峰之作，公映后反响热烈，被誉为"编剧好、导演好、摄影好、表演好"的"四好"影片。

剧情故事

一

解放战争中，东北民主联军（后改称东北人民解放军、东北野战军）向盘踞在东北的国民党反动派发动了强大的军事攻势，国民党军被迫龟缩到中长铁路的几个古城。在撤退外围据点的战斗中，守敌三六九师团长郑汉臣夫妇也在其中。

黄昏时分，硝烟弥漫的战场上，牵引大炮车歪倒在公路旁的山沟里。近处，蒋军的尸体狼藉，民兵队员正在打扫战场。一群群的俘虏，被民主联军的战士押送着走过公路。小山坡上，徐大嫂领着几个民兵，押送着蒋军的家属队伍走下来。

家属队伍和俘虏的行列在公路上汇合在一起了。林秋兰夹杂在穿着各式各样服装的太太群里。她那漂亮的脸孔，特别是在旗袍外罩着一件美式短外套,显得格外引人注目。她那受惊的双眼,不时搜索着并排走过的俘虏们。

大群的俘虏踏上木桥,向村庄进发。良久,俘虏中一个小个子兵扶住受了伤的大个子兵,艰难地走上桥头。这时,从桥洞下传来人声:"老总,老总!行个方便吧!"桥洞下,两个民主联军战士押着一个穿长衫、戴礼帽的中年人,从陡峭的小路走上桥来。

小个子兵向前一步注视着。两战士押着那人已向桥头走来,他摘下手指上的金戒指,分赠给他们,说:"老总,这点小意思……"战士们不耐烦地用枪尖拨开他的赃物,催促道:"别啰唆啦!快走!"那人无意地瞧了一下小个子兵,顿时震惊了。

那人假装擦着汗,把礼帽拉低,压在眼睛上,闷声不响地走过去了。小个子兵看着那人的背影走得远一点时,急步走向王班长,轻声说:"王班长,报告一个秘密!那个穿便衣的……"

晚间,在一间四合院的上房里,东北民主联军某兵团敌工部姜部长和蔼地对着那个商人打扮的人说:"你不是做生意的。"说着,摘下自己的军帽,指着额上的帽痕说,"你头上也有这么一道痕。"此人辩解是戴礼帽戴的,姜部长又指出他的下巴上也有伤疤,他慌忙说是小时候跌伤的。

见他还在抵赖,姜部长从抽屉里拿出一份发黄的蒋军《阵中日报》递给他,指着头条标题说:"请看。"在煤油灯下,那人看见报上印着:湘桂前线继续激战,郑汉臣营长奋勇杀日寇,只身肉搏救出赵崇武师长。

他站起来,把报纸放在桌上,还想辩解什么。这时,他身后的白布门帘掀开了,王秘书带着林秋兰走进门来。姜部长看了看她们,转向郑汉臣:"你看谁来了?"姜部长让林秋兰前来与他见面。

郑汉臣一看不觉一怔,林秋兰却惊喜得涌出泪花。郑汉臣用眼神暗示她不要相认。但林秋兰显然不想错过这难得的重逢,唤道:

"汉臣！"接着，便奔到丈夫身边，扶着他的肩膀，呜咽地哭起来。郑汉臣叹了口气，慢慢推开爱妻的双手，转过头坐下。

姜部长见身份搞清楚了，提醒他该考虑下一步了。郑汉臣一改刚才的态度，强硬地说："不成功便成仁，要杀就杀！要毙就毙！"姜部长平静地问："郑团长，死有重于泰山，有轻于鸿毛。替蒋介石卖命打内战，替美帝国主义当走卒，就是死了，也要遗臭万年。"

郑汉臣表示自己是军人，不谈政治。姜部长冷笑了一声，说："可是政治偏偏要找你！蒋介石从西南把你们调到东北来，三个师摆在三个地方，归他的嫡系指挥，你说这是政治还是军事呢？"

看到对方默默不语，姜部长走近他，进一步说道："同在一个军，他的嫡系二〇三师全部美式装备，住在城里，吃得好，穿得好。可是你们三六九师却受到另一种待遇，这又是什么呢？"郑汉臣掩饰不住内心的不平，两眼射出愤怒的光芒。

姜部长步步紧逼："就拿今天这一仗来说吧！蒋介石嫡系二〇三师所谓的出城接应，实际上放了一阵空枪缩回城里去了，单单丢下你们挨打，这难道不是借助于内战消灭异己吗？"郑汉臣让姜部长不要再说了。

姜部长提醒他不要否认事实。郑汉臣表示自己虽不否认，但也不会投降。姜部长表示不会勉强他投降，这让郑汉臣越发迷糊了。姜部长坐下，告诉他会放他们夫妻回去。郑汉臣和林秋兰既惊喜又怀疑。

林秋兰早已掩饰不住自己的喜悦，不住地感谢姜部长。郑汉臣没有吱声，但已打消了疑虑。姜部长看出了他的心情，建议他们说是打散了跑回去的，这样可以避免狡猾的钱参谋长的怀疑，并派人叫武工队长送他们过江。

郑汉臣夫妻俩向姜部长点头致谢。这时，林秋兰擦着眼泪告诉姜部长早晨被包围时，她把孩子放在山沟里老百姓家了。姜部长答应派人帮忙找孩子，找到后送回给他们。林秋兰考虑到被俘的家属都认得自己，让郑汉臣先回去，郑汉臣同意了。

一张电报纸上写着："钱：据606报告，郑汉臣换便衣失踪，可能被俘过。剿总情报部。"蒋军三六九师参谋长钱孝正推了一下金边眼镜，转了转眼珠，把电报放进衣袋，对郑汉臣的团副蒋家训说："要进一步调查。"钱孝正和蒋家训都是蒋介石派进地方军三六九师，控制和监视该师骨干的。

宴会厅内，正面挂着大幅寿星画，两旁是金字的红对联。案几上摆着一盘寿桃，点着一对大红蜡。蒋军正为三六九师师长赵崇武庆贺五十寿辰。三六九师的副官长李忠民举着杯站起来邀请大家为赵师长的身体健康干杯，在座的纷纷举杯站起来庆贺。

人们干杯，唯有钱孝正只啜了一口。郑汉臣佯装不平地说："钱参谋长，你太滑头了！"钱孝正哈哈一笑，有意把话引向郑汉臣："这次突围，多亏郑团长奋勇掩护，我替师长再敬郑团长一杯。"

郑汉臣以攻为守："先把你那杯喝了！"钱孝正喝了杯中的酒，然后拿起酒瓶绕到郑汉臣身边给他斟酒，并用假装责怪的口吻说："你当时应该设法把秋兰和孩子一块带出来。"郑汉臣无奈地说当时突围还来不及呢。

"是呀！"钱孝正走向自己的座位，接着说，"听说你被共军包围了，大家都很担心你。"郑汉臣装着无奈地说："队伍打散了，换了便衣，趁天黑就跟着打散的队伍跑回来了。"钱孝正笑了笑，装出恍然大悟的样子。

客人纷纷离座散去。钱孝正和郑汉臣由宴会厅走进会客室，两人边走边谈。"郑团长，在关内还发生过这么一件事。有对旅长夫妇，一块儿被共军俘去，结果是男的放出来，女的留下当了人质。"钱孝正意有所指地说道。

郑汉臣猛回头盯视着钱孝正，钱孝正不露痕迹地注意对方的反应。郑汉臣激怒地责问道:"钱参谋长,你这话是什么意思啊?"他停了一下继续说,"打开天窗说亮话吧,要是信不过我,就公开审问好了。要是想无中生有,指桑骂槐,兄弟我也不是好欺负的!"

钱孝正过来拍着他的肩头,赔笑地说:"我是怕郑太太中了共军的诡计。"郑汉臣不甘示弱:"共军的'诡计'都用在战场上,所以老是打胜仗。我们的'诡计'都用在官场上,所以老打败仗!"

院墙内的楼房门口,两个卫士拉住一小个子兵往外推,郑汉臣喊道:"干什么?"卫士立刻松手往回看。郑汉臣大步走下台阶,小个子兵急忙跑过来,报告说团长太太回来了。小个子兵继续报告:"二〇三师的巡逻队把太太们扣起来了!"郑汉臣急切地追问怎么回事。

小个子兵从头说起:"今天下午,八路军放我们回来,刚到江岸,就碰到二〇三师的巡逻队,带队的是个连长,他命令巡逻队搜查,他们在太太们身上乱搜!他们把太太们的金子首饰,全摸去了。太太们骂他们是强盗!"

小个子兵加快话语:"他们把太太们关在楼上,楼顶上好像是在打架!我听见郑太太骂他们是畜生、土匪。"郑汉臣实在听不下去了,他拔出左轮手枪,一把抓住小个子兵的领口要他带自己去。

这时,背后传来赵崇武的声音:"郑团长!"赵崇武走过来拦着他,劝他冷静点。郑汉臣抓住师长的手,暴跳地说:"师长,我不能睁着眼睛看着老婆受人家的……"说着,郑汉臣狠狠地跺了一下脚。

突然,汽车喇叭急促地响了两声。接着,一辆吉普车冲进院门。郑汉臣和赵崇武闪开,吉普车冲进院内。林秋兰憔悴不堪地坐在前座上。大家询问孩子的情况,郑太太告诉大家房子炸毁了,百姓不知道搬哪去了,孩子也没找到。

郑汉臣悲愤交加,转头要小个子兵跟他上车。二人从两边上了吉普车。郑汉臣启动发动机。人们回头惊望着。赵崇武抢上一步制止道："汉臣！"郑汉臣伸手闭上车中电门，发动机不响了。赵崇武抽出钥匙，让小个子兵回去，不准到处乱说。

二

生日宴会后的赵崇武心事重重，副团长李忠民前来求见，他告诉师长商人刘喜才刚从江北回来，带来一封重要的信要亲手交给师长，并说解放军扣留了一批货物，要得到师长回信才肯发还。为方便起见，赵崇武让李忠民带着自己去他的家。

在李忠民家里，赵崇武接过信便急切地看了起来。落款处写着：弟张德胜敬上。赵崇武高兴地对李忠民说："是张司令的信。"只见上面写着争取三六九师起义，实行里应外合。目前国民党400万军队里面，地方军和杂牌部队占一大半，如果三六九师能够起义，必然震动全国非嫡系部队，对今后的解放战争，无论在军事上还是政治上，都能产生积极的影响。

看完信后，赵崇武忧虑地告诉李忠民说张司令要他选择道路，要他起义。李忠民试探地问师长的意思。"光凭这张纸，怎么能决定呢？"赵崇武思考了半天，摇摇头表示时局没有清晰以前，草率地决定是有害的。

李忠民劝说道："师长，目前共军兵临城下，我们困守孤城，内无粮草，外无援兵，恐怕是朝不保夕。这个机会很难得呀！"赵崇武终于下定了决心，吩咐写封回信请张司令派一个负责人进来谈，又派人护送刘喜才出卡子，并叮嘱出了卡子再把信交给他，发给他一张特别通行证。

蒋家训住所的二楼，两扇窗子打开了。室内灯光亮着，蒋家训站在窗前，警觉地偏着头望着左边的街道。街道的远处，一辆小卧车已驶来，在郑汉臣住宅门前停住。赵崇武下了车，匆匆向郑汉臣住所门里走去。李忠民吩咐身旁的司机把车开到后门后才下车。

赵崇武迈进客厅，朝着迎上来的郑汉臣问道："听说有一位老同事要见我？"郑汉臣把手一摊，姜部长走上前来。赵崇武端详了对方后表示不敢认了。姜部长笑着说："您还记得20年前，在南京玄武湖畔，一面喝着清茶……"赵崇武把话接过来："一面谈你我的前程。"

赵崇武说着，赶紧过去和他握手："您不是姜……"郑汉臣称他现在叫袁东才，目前在东北民主联军工作。赵崇武惊讶地退了一步，怀疑地看了郑汉臣一眼。姜部长告诉赵崇武，张司令员很关心他，特派其进城来问候，并邀请赵崇武到楼上去。赵崇武在确定了没有外人后同意了。

郑汉臣家楼上一间精致的密室内，赵崇武对姜部长说道："这个城市兵多粮足，工事坚固，恐怕贵军不容易攻下吧。"姜部长胸有成竹地说："这个城市的实际情况，我军已了如指掌。我相信，对这座城的未来，你定有所估计。"

赵崇武吸着烟。姜部长转换语气告诉他："我军之所以迟迟不攻城，主要是考虑几十万人民的生命财产，也考虑到赵师长和其官兵的前途命运。所以张司令员希望赵师长珍惜北伐和抗战这两段光荣历史，举起反蒋的义旗，和我军并肩作战，实现其当年的理想。"

赵崇武深感自己现在处境不同，犹豫不决。他表示这是一件关系上万人的生命和前途的大事，要好好考虑考虑。

蒋家训来到郑汉臣家，想探一探虚实，却被郑汉臣搪塞了回去。蒋家训自讨没趣，回来报告给钱孝正。钱孝正嘱咐他不能打草惊蛇，要严密监视。

沈阳来了急电，蒋介石派红人胡高参前来视察。一架美国军用飞机在机场着陆，欢迎的人群围了上来。机门打开了，门口出现一个干瘦的老头儿，穿着军服，戴着中将衔的肩章，不断地向欢迎的人群挥手。

赵崇武对胡高参冒着危险到孤城很是不解，感觉来者不善。就在赵崇武要李忠民把车准备好要离开时，钱孝正带来消息说胡高参请赵师长去面见。赵崇武无可奈何地随着钱孝正向舞厅走去。

舞厅内，响起一阵热烈的掌声。胡高参站在中央，对大家宣布了此行的几个目的后，代表国民政府，宣布赵崇武晋升中将副军长，兼本城城防副司令长官，并向赵崇武表示三六九师的师长一职还是由其兼任。一切军事指挥和日常事务，仍然由他一人负责。

胡高参的话使钱孝正感到很意外，他懊丧地望着赵崇武那边。"来，来！"胡高参说，"为了祝贺崇武兄的高升，请大家干一杯！"女招待们端出酒来，众人拿酒碰杯。

胡高参在沙发上坐下。钱孝正走过来，轻声地问："高参，我有点不明白，为什么不调虎离山，对党国终究是个后患。"胡高参轻声说："不给他一点甜头，他会替我们出力卖命啊？俗话说得好，狗急跳墙，要是逼得他太急了，回头咬你一口，那我们就吃不消了。"

凉亭内，赵崇武兴奋地解开风纪扣，对忠民说："委座到底没有忘记我赵崇武！"李忠民提醒赵崇武，以前他立下很多战功，从不见委座传令嘉奖，为什么偏偏打了败仗之后，反而加官晋级呢？赵崇武听后，若有所思。

赵崇武派郑汉臣约个时间和姜部长见面谈谈。一天晚上，李忠民告诉赵崇武，姜部长等好久了，赵崇武表示过两天再说。这时，郑汉臣急匆匆走过来说熊处长带着宪兵特务包围了他的家，看样子是想抓姜部长。赵崇武略加思索后，表示想办法把袁先生安置在安全地方。

一辆汽车从赵崇武住宅的院内开出，沿大街飞驰而去。车内，郑汉臣双手把着方向盘，两眼气恼地望着前方。坐在他身旁的姜部长平静地沉思着。"放心吧！姜部长，"郑汉臣坚决地说，"赵师长要是不愿意，我们团单独干！"在郑、李二人的护送下，姜部长顺利出了城。

钱孝正报告胡高参军部抓了一个"共军"的谍报员，和本师人员有关系。胡高参表示要亲自见识一下。一辆囚车鸣着警笛急驶到团部的门口停下。囚车的后门开了，两个拿着手枪的宪兵拖下一个受过重刑的犯人。

两个宪兵架着刘喜才进来，把他送到会议室当中，然后退出门外。刘喜才看了看周围的人，站立不稳地跌倒。胡高参问："你叫什么？"刘喜才用手撑着地板抬头回答："刘喜才。"赵崇武有些震动。

胡高参问蒋家训搜出什么证据没有。蒋家训从公文包中取出一张特别通行证，递给胡高参。"是一团发的。"胡高参看了看，转向郑汉臣问谁给开的。范国良回答道："凡是从一团防地出卡子的商人，都是由我签证。"

胡高参又追问有没有特别公函，又是哪个机关给开的。范国良说记不清了，要查查档案。赵崇武不安地思索着，手指摆弄着半节香烟。突然，他被一声"报告"惊醒过来。

一个士兵送来一份公函，胡高参接过公函，抽出来看着。钱孝正站在他坐的沙发背后伸头细看，立即冷笑着说："这封公函是假的！"范国良反问道："关防是真的，怎么会假呢？"

钱孝正用奸猾的目光逼着对方，说："字是后添上去的！像你这样精明，会看不出来？"

范国良也不甘示弱："我要是像您那样，当场就把他抓住了！"钱孝正冷笑道："好，那你为什么又那样对他特别关照，亲自派卫兵送他出卡子呢？"钱孝正说完，得意地望着对方。范国良有意把声调放慢："参座，花了特别费，就要特别关照，这是您私下给我的指示啊！"

胡高参打断了他们的谈话,举起公函问刘喜才哪儿弄来的,刘喜才告诉他是一个长官向他索要五两金子替他办的。胡高参听后拍着桌子吼着要枪毙刘喜才。刘喜才镇定地为自己辩解说自己是个规规矩矩的商人。

钱孝正上前止住他:"你是商人,为什么要带秘密信件?"刘喜才则坚持说自己

只带着金子和钞票,都叫老总们搜去了,没有信件。钱孝正咆哮道:"你把文件吞到肚子里,还说没有!"刘喜才坚持说自己吞的是账单。胡高参问他账单为什么要毁掉。"因为那上面记着几件违禁品。"刘喜才回答。胡高参暴跳地站起来,喊道:"来人啊!拉出去,枪毙!"

两个宪兵拖起刘喜才,转身出会议室。赵崇武喊道:"慢着!"在走廊里的两个宪兵,同时停步回过头。赵崇武走近胡高参,向他解释目前不要杀掉商人,胡高参听后觉得有道理,命令蒋家训把刘喜才押回军法处,严加审问。

三

这时,一个上尉衔的军官送来一份电报说:"报告,沈阳急电!"钱孝正接过电报看了看,转身走向胡高参,胡高参接过电报,拆开看到:

胡、马、赵:对你部空投无法继续,特令你军迅速突围,中正。

胡高参看罢,折起电报,懊恼地要求各部和各团主官立刻到军部开紧急会议。会上,胡高参让在座的人都发表下自己的意见。各

位都表示没有新的意见后，胡高参转向赵崇武。

赵崇武建议，三六九师受到的损失惨重，没有恢复元气，二〇三师的装备优良，人数充足，突围的主攻任务请二〇三师担任。二〇三师牛师长却推辞，不愿揽下突围重任。胡高参劝说赵崇武照常突围。赵崇武无可奈何，最后说："不过，要炸掉水电站和工业设备，未免太可惜了！"

胡高参满不在乎地说："回来再修嘛！"赵崇武站起来，指着地图上电站的位置说："谈何容易啊！单是这个水电站，就花了十年的时间！"

李忠民早已拿着放大镜在察看地图，忧虑地接下去说："炸毁了水电站，首先淹没了江北的共军，同时也会淹到江南来。特别是这个城市的郊区，都会来水。部队突出去以后，马上要在水中行军，辎重和大炮，必须全部抛弃。恐怕拖不到沈阳，整个部队就……"

胡高参认为有理，让李忠民接着说下去。李忠民略为思索了一下，说道："应该先突围，后炸电站，起码也要同时进行。"李忠民指着地图继续说，"根据这里的地形，当洪水淹到共区以后，最快也要一天才会淹到这里来。我们可以在洪水到来之前，离开这个地区。"

胡高参很赞同这个方案，并表示会为其在委员长面前请功。这时，蒋军值班参谋慌慌张张地进入指挥室，报告"共军"包围了水电站，范国良和蒋家训带着三营也中了"共军"的埋伏，全部被俘了。

利用水电站牵制东野的计划是国民党眼前唯一的救命稻草，此时，他们只得寄希望于前去进行突围行动的赵崇武。这日，胡高参与几位军官又在召开气氛压抑的小型会议。突然，门被推开了，两名卫士扶着衣冠不整、左手吊着三角巾的赵崇武在门口出现。赵崇武因在突围中负了伤而退下阵来。

正在懊恼的胡高参走过来责问道："崇武兄，你是怎么搞的？"

赵崇武边走边不满地说:"上去一个营,下来还剩不到一个连。"胡高参正色道:"应该一鼓作气,继续冲上去!"赵崇武回答:"拿鸡蛋去砸石头?可惜您没有到前沿去看一看!"

胡高参气急了,责备道:"可惜您没有按照我的方案打!"两人你一言我一语地埋怨对方。此时,守卫水电站的国民党军已投降,去接应守卫的一营人在地下党员范国良的带领下,进入解放军的伏击圈,被迫投降。至此,国民党军破坏水电站的计划彻底破产。

解放军强大的攻势,使四面楚歌的赵崇武苦恼万分。看完一份电报后,他无比泄气。李忠民打开边门,走到赵崇武身边告诉他还有一封电报。赵崇武双手抱住的脑袋微微一晃表示不看了,郑汉臣提醒这是一封密电。

赵崇武勉强接过去,展开一看,惊得睁大了眼睛,恍惚听见蒋介石恶毒的声音:"胡:回电收悉,赵崇武既怀二心,突围至沈后,宜速剪除,以免后患。中正。"电稿纸在他手中颤动着,赵崇武无法控制自己,把电稿捏在拳中站起来,咬牙切齿地吼着:"岂有此理!"

现实终于使赵崇武醒悟,决定率部起义。一阵铃声响起,是赵崇武打给胡高参的。钱孝正接了电话后转给胡高参,赵崇武请胡高参帮助研究突围问题,也鼓舞一下士气。胡高参答应了。

指挥室的门打开,胡高参和钱孝正依次进门。一阵寒暄过后,胡高参问是否一切准备好了。赵崇武答道:"万事俱备,只欠东风。"

胡参谋不解地问东风指的是什么。赵崇武拿出电稿,放在他的面前。胡高参看后先是一惊,后又故作镇定地狡辩说,自己没有给委座发过不利于赵崇武的电报。

胡高参说罢匆匆走向门口,钱孝正跟在后面。门忽然开了,郑汉臣带着董彪和几个卫士站在门外,枪口对着胡高参。钱孝正见形势不妙,后退一步,慌张地跑到通往密室的门口,郑汉臣一连发了两枪,把钱孝正打死了。

胡高参瞟了一眼对着胸前的手枪,然后对赵崇武大声问道:"你们想造反吗?"郑汉臣接过来说:"我们就是要反对,反对你们把中国出卖给美国鬼子!"郑汉臣命令胡高参打电话给牛师长,让其马上到这里来。胡高参被捕了。

在《东北民主联军战歌》的歌声中,国民党的党旗降了下来,国民党军缴械投降。解放军开进城内,孤城获得解放。姜部长和赵崇武又见面了,他们握手寒暄,兴高采烈地展望着,展望着自己的前途和祖国的未来。

影评选粹

大胆的艺术尝试

影片忠实而艺术地再现了辽沈战役期间，人民解放军向国民党军队展开一场成功的政治攻势这一史实。在人物塑造方面，影片注重从人性化的角度刻画人物，并且只将战争作为展示人物性格的重要手段和重要背景，避免了人物脸谱化和简单的敌我划分，从而使剧中反面人物的形象显得比较丰满可信。这在新中国军事题材影片中是富有新意的创作。

为了增强影片题旨的深度和厚度，创作者大胆地把赵崇武、郑汉臣这两个国民党军官推向银幕中心，细腻地描绘了他们由敌对、动摇到犹豫、觉醒的心理轨迹，并较有分寸地对其进行了形象的个性刻画和塑造。而中国共产党方面的人物则着墨不多，仅仅穿插其中。这种宾主易位、虚实反衬的表现手法，在当时可谓难能可贵。

精彩回放

影片中对敌我矛盾和敌人内部矛盾的揭示始终没有离开"人"，没有离开对人物性格的揭示，这也使作品具有超越题材，超越这个戏剧故事本身的文化意识。

例如，当蒋介石嫡系二〇三师的参谋长钱孝正怀疑郑汉臣是解放军有意释放，而郑太太做了人质时，他说："我是怕郑太太中了共军的诡计。"郑汉臣则回答："共军的'诡计'都用在战场上，所以老是打胜仗。我们的'诡计'都用在官场上，所以老打败仗！"这句话精准地阐明了国、共两党的本质区别。

智取华山

最好能偷偷摸进去，我们现在就要抓住敌人的恐惧心理，向敌人发起突然的攻击，必要时，还得配合政治进攻，向敌人攻心！
—— 刘参谋对坚守险隘的敌人有自己的策略

影片档案

出品：北京电影制片厂
编剧：西北军区创作组
导演：郭　维
主演：郭允泰　李金榜　许又新

荣誉成就

1954年,本影片在第八届卡罗维发利国际电影节上获得争取自由斗争奖。影片在全国公映后引起强烈反响。作为一部独具一格惊险样式影片,它开辟了以惊险样式反映革命战争的新路子,是后来惊险影片创作的良好开端。

影片史料

解放大西北

1949年5月23日,中央军委根据战争形势发出《关于向全国进军的部署》,对各野战军的原有进军计划进行了调整。其中命令第一野战军附第十八、第十九兵团,除经营陕、甘两省外,还要进一步解放宁夏、青海,并在第二年春天经营新疆。此时,国民党军西安"绥靖"公署主任胡宗南、西北军政长官公署所属青海马步芳、宁夏马鸿逵、新疆陶峙岳等部共25个军部约40万人,正盘踞在西北地区。

中国人民解放军坚决贯彻中共中央和毛泽东提出的军事政治和政治攻势同时并举的方针,促使国民党军的起义、投诚行为不断发生,创造了中外战争史上的奇观。

剧情故事

一

1949年，人民解放军发起了解放大西北的强大攻势，胡宗南率部狼狈向南逃窜。国民党部队第六旅旅长方子乔，率领他的残兵败将，逃上华山，在山口要道设下重兵，企图凭借华山天险负隅顽抗。解放军顺利解放华阴县城。城门外，群众夹道欢呼，人民解放军列队整齐地进入县城。

原来的国民党军的旅司令部，现在做了人民解放军的团司令部。团长、政委、参谋长和一个年轻的侦察参谋风尘仆仆地走进来。年轻的侦察参谋名叫刘明基。他们走到铺着地图的桌前，团长扫了一眼地图，向刘参谋说："报告吧！"刘参谋说："我们的先头部队，一直追到华山底下，据当地的老百姓说，方子乔带着他的队伍前一天就逃上了华山。"

团长听了刘参谋的话，伏身仔细地查看地图。政委也看了一眼地图说："是啊，他是要凭借华山天险和我们对抗，妄想等待胡宗南反扑回来，挽救他的狗命。"参谋长笑了一下说："他的如意算盘打得倒不错！""他简直是做梦！"团长愤愤地说了一句，转身对参谋长说，"参谋长，叫部队停在山下待命。"

团长又向刘参谋命令道："刘明基同志，你立刻带着侦察员，到华山附近进行侦察！"刘明基领命。

在华山脚下，刘明基带领着侦察班长路德亮和侦察员孟士俊、朱开富、刘家典、王生齐、杨小保等7人，全副武装，飞速地奔过华山峪沟口的狭道，向华山跑去。刘参谋爬到一块巨石跟前停下来，举起胸前挂的望远镜望着。侦察员们都紧跟着爬过来。

刘参谋放下望远镜，回头向大家说："注意隐蔽，前进侦察！"刘参谋和侦察员们爬上了一个半山崖。他向前探望一下，惊异地对路德亮说:"路德亮,你们看!"

路德亮和侦察员们顺着他指的方向向前探望:在他们面前不远的地方,狭仄陡立的峭壁上,架着一条残缺的栈道,栈道下面是万丈深渊。侦察员们互相看看,为面前的险要山路所惊。朱开富骂了一句说:"这什么道呀!"刘参谋举起望远镜,看了一下,向路德亮说:"把地形记下来!"路德亮点了点头,打开地图,标注着地形的记号。

刘参谋转身对侦察员们说:"现在我们要迅速地通过前面这条山路栈道,爬上东面的山头,马上去侦察通往华山的关口千尺幢。"他看了看侦察员们说,"准备好,跟我来!"他们一个紧跟着一个地从悬崖栈道上飞奔而过。他们爬上了一个小山头,伏在松树下面向前探望。路德亮指着前面说:"看,千尺幢!"刘参谋用望远镜望着千尺幢,向路德亮说:"记下来!"路德亮掏出日记本记着。刘参谋一边望着,一边对路德亮说:"千尺幢,是在华山北峰的下面,它是在山缝里凿开的一条梯子道,直上直下,有200多米高……"

千尺幢上,国民党军戒备森严,坚固的工事里,摆列着两门迫击炮和几挺机关枪,严密地封锁着华山峪沟。此刻,方子乔和他的参谋长正伏在开着的千尺幢洞口。方子乔向下望了一眼,说:"别看共产党占了华阴县城,可是他要上我的华山,就得走这儿!"方子乔得意地望了参谋长一眼,"我的参谋长,你明白吗?自古华山一条路哇!"方子乔走过去,用手杖敲击着铁盖子,对手下军官说:"这千尺幢的铁盖子,是5分厚的钢板!"他又指着一边摆列的迫击炮得意地说:"你们再看,我这两门迫击炮,居高临下,已完全封锁住华山沟!不用别的,就是我光在这儿放上一挺机关枪,共产党他就是千军万马,也得干瞪着眼瞧着我方子乔!"

国民党军官都得意地望着他,只有参谋长阴郁地思虑着。方子乔喊道:"侯副营长!"侯副营长应声上前一步,挺胸立正。方子乔走近侯副营长说:"我把坚守千尺幢的重任交给你,守住它,就是守住了华山,你懂吗?"侯副营长献媚地说:"我誓死为旅长尽忠!"方子乔满意地问道:"好!我现在要听听你的,你打算着怎么样守住我的千尺幢呢?"侯副营长故作沉思地想了一下,然后骄傲地答道:"报告旅长,不等共产党靠近我,我就把他们消灭在千尺幢的下边!"

参谋长颇不以为然地在一旁吸着烟。方子乔兴奋地拍着侯副营长的肩,回头向参谋长说:"参谋长,你看,真不愧是我忠实的部下!"参谋长没表示什么,却走近迫击炮,说:"侯副营长,炮安排得怎么样?"侯副营长答道:"已经安排好啦。""冲着山下的目标试几炮!"方子乔说着走到工事前沿,举起望远镜,向山下瞭望,寻找射击目标。侯副营长立刻喊出口令:"炮兵准备!目标,山下冒烟的小村!"

正趴在小山头松树下面观察地形的刘参谋等,被山下炮弹的爆炸声惊起,急转身向山下小村望去。农民们扶老携幼地在火焰中奔逃、哭喊,有的被炸倒在街上。刘参谋站起来向山下跑去,侦察员们紧跟在后面奔跑下山。刘参谋带着侦察员们跑进被炮弹轰击的村庄,群众慌乱地迎面奔来。刘参谋招呼大家急速救火,一个年轻的女人望着屋内,急得捶胸跺脚,哀声哭喊。刘参谋不顾一切地冲进屋内,抱着一个婴儿跑出来,交给年轻的母亲,旋即跑去。一座座房屋上的火焰渐渐熄灭,冒着余烟。

方子乔站在刚射击完的迫击炮前,傲然地说道:"相信我们的侯副营长,在我的直接指挥下,有把握守住这华山唯一的咽喉!诸位,只要等胡长官反扑回来,我们就可以东山再起。复兴党国的奇迹,就要从我们这儿开始啦!"军官们毕恭毕敬地听着方子乔训话。方子乔指着千尺幢上面的一条狭窄陡立的石阶路,向军官们说:"随我来,上百尺峡,到北峰!"

方子乔率众军官自百尺峡向北峰庙前走来。庙前有数10名士兵正在修筑掩体工事，方子乔走到庙前的石碑旁停下来，望了望四周，转身叫道："关营长！"关营长应声上前，立正听候吩咐。方子乔说："我把驻守北峰的任务交给你！"关营长高声答道："是！""你看！"方子乔指着下面说，"从你这里往下，通千尺幢，如果万一千尺幢遭到共军的攻击，你这里可以马上出兵增援。"他又转身向上一指说："从你这里往上，又是通过苍龙岭到我的司令部西峰的必经之路。"他走到北峰的悬崖前望了望又说，"在防守上，你放心，用不着发愁。你们看，它的后面全是断崖绝壁，万丈深渊，没有地方能够爬上来。"

众军官静立听他说。方子乔奸险地笑了一声说："共产党要是攻不下千尺幢，就别梦想到我的北峰来！"方子乔率众军官离开北峰，走向华山西峰下面的苍龙岭。方子乔站在苍龙岭的小道上，指着上面远处峭立的西峰，对众军官说："你们看，要到我的西峰司令部，就得通过这条苍龙岭！"方子乔站在苍龙岭上得意地说，"华山在我的手里已经变成铁打的江山，层层险要，处处是防，哈哈哈……"

参谋长瞅了方子乔一眼，一言不发地转身径自走上苍龙岭。方子乔转身，看见参谋长独自走去，奇怪不解地望了望他，把他叫住："参谋长！你怎么不说话呢？"参谋长停住脚步，回头看了一下跟随在方子乔身后的军官们，有点顾忌地低声向方子乔说："旅座，我们到西峰司令部再谈吧！"方子乔望着他，极不满意地说了一声："奇怪！"参谋长继续向岭上爬去。方子乔回头向身后的众军官们挥了一下手。军官们举手敬礼，向后转，走下岭去。

方子乔、参谋长和几个护兵走上了西峰，方子乔和参谋长走进镇岳庙内。听见楼梯声响，方子乔的姨太太立刻从屋里开门走出来，媚笑地迎着方子乔娇滴滴地叫了一声："子乔！"方子乔抬起头来，脸色沉重地看了她一眼，顺手把手杖和帽子交给她，一声不响地向西间屋的办公室走去。参谋长恭敬地向姨太太点了一下头，也随后走进了办公室。

方子乔走进来，躺在一张太师椅上，喘了口气，对参谋长闷声闷气地说："请说吧！"参谋长正要开口，一个护兵端着茶壶走进来，给方子乔和参谋长倒茶水。方子乔喝了一口茶水，望着参谋长催促地说："有什么话，你说吧！"参谋长站起来，把门关上，然后走到方子乔跟前说："旅座，华山固然有天险可防守，可是我们的处境孤立，而且是……"方子乔烦躁地打断他的话，站起来愤愤地质问道："难道当初按照你的计划，退到商州去，让共产党穷追的我们全军覆灭，就不孤立吗？现在我到底是保存了一部分力量，有了反扑的机会！"

参谋长仍紧皱着眉头不说话。方子乔不满地瞪了他一眼，转身走到桌前，突然用拳头猛力击了一下桌子，大声地说："我绝不相信我的失败。胡长官在美国朋友的援助下，一定能反扑回来。共产党在这一带待不长，他们怎么来，还得怎么滚蛋！"参谋长看见他发了怒火，吃惊地望着他，正要解释。方子乔激动地走到参谋长面前，郑重地说："参谋长，你知道吗？我们在这个共产党还立足未稳的后方，安下了这个钉子，会给胡长官反扑回来多么大的支持！你明白吗？"

"可是旅座，"参谋长忧虑重重地说，"这需要时间，很长的时间。""华山天险会给我们赢得时间！"方子乔肯定地说。参谋长笑了笑，摇了摇头说："共产党不会那么老实，他会把我们的时间抢了去！""什么？"方子乔激怒地盯视着他说，"你……你丧失信心了吗？你说！你说……"参谋长没有说话，极力回避着他的目光。

"报告！"门外喊了一声。参谋长正处于窘境，听见门外喊声，犹豫了一下，说了声："进来！"

副官推门进来，打开公文夹子拿出一张电报纸来，交给方子乔。

"什么？"方子乔惊喜地接过电报纸，打开看着。方子乔的姨太太走进来，看了看方子乔，扭头向站在一旁的副官问道："什么事呀？""报告太太，"副官微微躬身说，"是胡长官给旅长来的电报。"方姨太太随即走到方子乔跟前，凑近去看。方子乔念完电文，得意地望了姨太太一眼。姨太太把电报拿过去又重看了一下，兴奋地叫道："哎呀，我的天哪，这可好啦！"

方子乔往太师椅上仰身一躺，长出了一口气，冷冷地说："参谋长，你看，这比你退到商州去怎么样？再用不着你担惊受怕了吧？"参谋长窘迫地微笑着走上前两步说："旅座，我刚才的意思是，我们还需要严加防守。另外还要想办法到山下去弄粮食，准备应付共军对我们长期的围困。至于弹药……""美国飞机会给我们运来！"方子乔很自信地说。参谋长说："是的，这样才能把我们需要的时间巩固住，才能让我们置之死地而后生。"

"置之死地而后生！"方子乔思虑地说，"对极了！马上下命令，命令关营长、侯副营长想尽一切办法加强北峰和千尺幢的防守。另外，明天派人到山下去搞粮食！"

二

夜间，人民解放军团部内，团长、政委和参谋长围坐在桌旁，听取刘参谋对华山侦察回来的报告。刘参谋说："根据我们今天对华山的侦察，我们进攻华山的唯一道路——华山峪沟的地形，对我们非常不利。"团长，政委、参谋长一边思虑着，一边静静地听他讲。团长沉思地说："今天我和参谋长也亲自去华山峪沟，向千尺幢观察了一下。"刘参谋接着说："那就是我们进攻华山的必经之地，老百姓都说：'自古华山一条路'，就是指的那里！"

"好吧！"团长站起来说，"现在就让我们在这个自古华山一条路上跟方子乔打打交道。刘明基同志，现在团部决定，让你带着侦察员们，避开华山正面的千尺幢，从华山的侧翼，给部队找出一条进攻的道路来。"

团长、政委、参谋长正在向将要出发侦察的刘明基和侦察员们交代任务。团长下达命令："团部命令，由侦察参谋刘明基同志带领你们去侦察一条从侧翼进攻华山的道路。"侦察员们一致响亮地回答："我们坚决完成任务！"刘参谋带领着六个侦察员，向华山后面的山沟走去。刘参谋等从沟里爬到了半山坡的茅草屋前。

杨小保向屋内叫着说："老乡！"没有人应声，刘参谋说："土匪下山抢粮，群众都吓得逃走了。咱们分散到小山沟里去，在那里，一定可以找到他们。"

刘参谋、王生齐和刘家典三人围坐在一个中年樵夫的身边。

"唉！"樵夫长长地叹了一口气说，"土匪们挨家挨户地抢粮食，人们都藏啦！同志，你们来了可好了。可你们要打山上的土匪，为什么走这儿呢？""这儿不能走吗？"刘参谋问。"不行！"樵夫说道，"打华山得走千尺幢，才能上去啊！""老乡，"刘参谋又问，"你看，在这华山的背后，没有一条能上华山的小路吗？"樵夫肯定地摇摇头说："没有。我常年在这山里打柴，没听说过有什么小路，自古华山一条路啊！"

第二天，侦察员们开始自己摸路了。他们费了很大力气，终于爬到了高耸的山顶上。刘参谋和路德亮抢先走到山顶的边沿向前望着。前面是断路悬崖，他们站的山头下面是万丈深渊，侦察员们沮丧地回过身来，面面相觑，默不作声。

大家沉默许久，忽然听到很远的地方，隐隐约约地传来"铿、铿"的响声。侦察员们跟着刘参谋走去。顺着"铿、铿"的响声，看到一个30多岁的壮年农民握着镢头在大树根下刨着坑，准备把旁边立着的两袋粮食埋藏进去。在他的身旁，一个白发苍苍的老汉蹲在松树下烧支起铁盆里的水。刘参谋等悄悄地穿过密林向前走去，横在路上的一根野藤绊住了朱开富的脚,他踉跄了一下,几乎跌倒,树上的鸟儿受惊地飞起。

丛林内,老人被惊起,壮年农民惊慌地向前张望。老人赶紧向壮年农民说:"快!藏起来!"壮年农民连忙埋起粮食,老汉踩灭火,泼掉了铁盆里的水,两人急忙向密林深处匿去。刘参谋带着侦察员们来到了壮年农民藏埋粮食的大树下,周围没有人的踪迹,只有那堆已经熄灭了的火,还在冒着余烟。刘参谋和侦察员们走过来弯下腰拉了拉粮袋。刘参谋说:"盖好,埋起来!"草丛里的老人莫名其妙地望着。刘参谋发现草丛在摆动,向路德亮示意,朝着草丛喊道:"出来吧,老乡,别怕呀,我们是人民解放军哪!"

稍做犹豫后,老汉慢慢地站了起来。刘参谋上前扶着老汉说:"老大伯,我们是毛主席的队伍。"老汉怀疑地望着刘参谋说:"你们不是山上的?"杨小保说:"我们是打山上土匪的!"老汉仔细地看了看刘参谋的胸章,长出了一口气,眉开眼笑地说:"哎呀,早听说过你们呀,今天可看见啦!"老汉向藏在大树上的农民喊道:"别怕啦,下来吧!"老汉点起一袋烟,抽了两口,疑惑地说:"你们要打山上的土匪,那为什么走这儿?怎么不走千尺幢呢?"刘参谋说:"老大伯……"老汉不等刘参谋说完,便摇了一下手,表示自己懂得事情的来由,说:"那儿不好上啊!"

"是!是!"刘参谋说,"老大伯,我们打算在这一带找出一条上华山的道来。"

"在这一带?"老汉惊异地问。路德亮焦急地问道:"老大伯,没有路吗?""是不是又是'自古华山一条路'啊?"朱开富沮丧地说。"不!"老汉磕掉烟灰,慢吞吞地说,"在我年轻的时候,听说在这华山的后头,有一条小道,要是能爬上去,就能挖到名贵的药材。"侦察员们向老汉打听到常生林曾从山后险径上北峰采药,刘参谋紧紧地拉着老汉的胳膊,感激地说:"谢谢你呀,老大伯,你帮了我们大忙啦！"之后，侦察员们急忙赶往常家。

常母看着常生林在磨斧子，便气喘喘地走过来说："别磨啦，生林，先不忙砍柴去，快把粮食埋起来吧。你没听土匪们到处抢粮食吗？""不要紧，娘，听说解放军打过来啦！"常生林说着，仍然磨斧子。院外不远的地方，狗狂吠起来。常母和常妻惊慌地向前张望。突然，听见两声枪响，扑咬的狗栽倒在地上。一个匪军排长带着十几个匪兵端着枪向常家院里冲来。常母脸色吓得惨白，惊惶地急转身叫道："生林，你，快，快跑！"常生林发现匪军走来，扔下粮袋，敏捷地钻到茅屋后面，藏在一块大石背后。

匪军们如狼似虎地冲到茅屋跟前，用枪逼着常母，常母向后退着，想用身子挡住粮袋。常母正想说话，匪军们发现了粮食袋，匪排长说："好啊，早准备好啦！来呀，扛走！"常母紧抱着粮食袋愤愤地说："不行！你们拿走粮食，我们吃什么！打算把我们饿死吗？""滚开！"匪排长一把揪住常母，用力地把她摔到一边。匪军们在屋里摔盆打碗，翻箱倒柜，把所有的粮食都倒净，东西都拿走。常母骂道："叫他们抢，叫他们抢，这些恶鬼们，全不得好死！"在一边站着的匪排长掏出了驳壳枪，对常母骂道："你敢骂人？找死啊！"常母大吼道："我这条老命跟你拼啦！"常母握着双拳向匪排长扑过去。匪排长闪到一旁，举起了枪。

这时，常生林着急地从屋顶上探出头来，抓起斧头，用力向匪排长掷去。匪排长刚要朝常母开枪，斧头飞来，他想用手挡住，不料斧头已落在头上，惨叫一声倒地。常生林急忙跳下屋顶，向山后跑去。匪军们向他开枪射击。刘参谋带着侦察员们，急急地向前走着。远处传来枪声，他们警惕地停下脚步。路德亮说："刘参谋，这是前面的猩猩沟在响枪！""快！"刘参谋喊了一声，率领着侦察员们向枪声响起的地方跑去。

常家院里，匪排长向常母问道："快说！那个扔斧子的是谁？

他跑到哪儿去啦？快说！不说，枪毙！"匪军们将刺刀逼在她胸前。伏在沟里的刘参谋和侦察员们向匪军开火，站在匪排长跟前的几个匪军立刻中弹倒地。经过一阵激烈的战斗，刘参谋和侦察员们边打边冲进院子，匪军被击毙。

　　黄昏，侦察员们已经清理了战斗的痕迹。常母和刘参谋坐在院里的磨盘上谈着话。常母向刘参谋叙述着匪军抢劫的情形。常母说："多亏了你们哪！"这时，路德亮和孟士俊走进院来，向刘参谋立正，说："报告，附近全都搜索过了。没有任何情况！"常母一把拉住刘参谋说："怎么？你们要走？你们走了，那些土匪又要来，我们可怎么办？"刘参谋亲切地安慰着说："大娘，我们不走！你放心，什么时候等生林大哥回来，我们再走，你说好不好？""好！"常母高兴地说，"今儿个就住在这儿，等生林回来你们再走！"路德亮接着就插话说："大嫂，我们来这儿，就是要打华山上的土匪，可是我们没有……"刘参谋急忙打断路德亮的话说："路德亮，快去收拾一下，咱们就在院子的那边宿营。"

　　窗户被风刮得哗哗响。常妻说："娘，你睡吧，今儿个夜里怕要闹天气，外头一阵阵的直刮凉风。"常母想了一下，顺手拿起身旁的棉被，递给常妻说："快把咱这被子给同志们拿去，别冻着他们。"常妻拿着被子，轻轻地开门走出来，向侦察员们走过去。常妻听见他们说话，便轻轻地停在一边的树下望着他们。"这个，我们就要全凭常生林的啦！"刘参谋说。常妻惶恐地跑回常母屋里。常母说："你怎么还没有把棉被给他们送去？"常妻不安地走到常母跟前说："我刚才听见他们说，他们想让咱们生林带路，领他们从后山上华山呢！"常母震惊地说："天哪！他们怎么知道的？"

　　常母痛苦地沉思着，过去亲人们的惨死和苦难的光景，使她伤心地流下眼泪。常妻回过身来说："娘，那他们的事……"常母难过地摇着头，喃喃地说："不行，不行……"

随着一声响雷，倾盆大雨骤然间降下来。外面，侦察员们顶着狂风暴雨挤在一堆，他们个个淋得浑身水湿。茅屋顶上的草，一层层地被风卷去。路德亮抓住刘参谋喊道："刘参谋，你看！"刘参谋和侦察员们借着闪电的亮光，注视着茅屋顶。他们把棉被抖开，盖在屋顶上。常妻和常母看到解放军战士冒雨帮他们抢修屋顶，心中感动不已。

　　常妻扶着常母从屋里走出来。刘参谋和侦察员们转身惊奇地望着向他们走来的常家婆媳。刘参谋抢步上前，扶住常母说："大娘，你怎么出来呢？"侦察员们也都围过来。常母一把抓住刘参谋，万分激动地说："你放心，明天，我就叫回生林，让他给你们带路！"

　　第二天，在常家院子里，刘参谋对赶回来的常生林说："老常同志，我马上要回团部去请示一下，我想，由你给带路，这条道呀，它算跑不了啦！"

三

　　团长、政委和参谋长已经听完了刘参谋的汇报。团长拍着刘参谋的肩膀，兴奋地说道："有本事，你们这第一步棋走得很好。现在，我们谈谈战斗安排吧，你坐。"停了一下，团长继续说道，"现在团部决定，后天就开始对华山进攻。而且把从侧翼进攻华山的任务交给你来执行！等会儿你回去的时候，我派一个精悍的排给你带去。"团长凑近刘参谋的身边，清楚地说道："具体部署是这样：你先把这一个排的战士们安排在常生林的家里住着。明天，你先让常生林领着你和侦察员们对这条道路进行侦察。然后，一分钟也不要耽搁，马上返回常生林家来。到第二天，就是后天，你立刻带着这一排战士顺着侦察好的道路，对北峰进行袭击！"

　　常生林扛着一根长长的竹竿，领着刘参谋和侦察员们向深山里侦察。日落黄昏，常生林带着刘参谋等来到了老虎嘴跟前，他们喘息了一下，便向老虎嘴里爬去。常生林带着刘参谋和侦察员们从光滑的岩石小道上走来。他们走到半截山洞外的巨石旁，常生林停下来，指着前面的高峰对刘参谋轻声地说："到啦，上头就是北峰，你看！"刘参谋向前面望了一下，回头向侦察员们摆了一下手，路德亮便轻轻招呼大家隐伏在巨石背后。常生林拉着刘参谋的手摸索着绕过巨石，二人向前走了几步，伏在一堆草丛中。常生林指着上面说："看！"他们向上面观察着，北峰远远地立在他们的头顶上，庙窗里透出灯光。

常生林绕过巨石走到侦察员们跟前。刘参谋探身向侦察员们说："招呼老常同志吃点东西。大家都吃点干粮，好好休息一下。"休息时，路德亮说："你们说，这个道这么难走，一个排人多，很难爬上来。依我看，不如就在今天晚上，咱们就摸上去，搞下北峰！"刘参谋蹲下来说："你们说得很对，如果我们花费两天多的时间赶回去，不但不能完成任务，反倒影响了团部解放华山的整个作战计划……"朱开富高兴地说："刘参谋，你决定拿北峰啦！""对。"刘参谋说，"先悄悄地拿下北峰，然后，紧接着拿下千尺幢，掐住苍龙岭，把咱们的主力部队，从千尺幢上迎接上来！"

月光照着山峰，刘参谋、常生林和侦察员们向北峰前进。刘参谋发现了前面的敌哨兵，停了下来，打手势叫路德亮和孟士俊来，对他们耳语几句，指了指敌哨兵。路德亮和孟士俊趁哨兵刚一转过身来，一下扑上去从后面抱住他，路德亮的枪口逼在哨兵的胸前，低声警告："别动，敢叫一声我就打死你！"

刘参谋、路德亮和常生林肃静地爬上了北峰庙台，他们伏着身子，听了听动静，借敌哨兵换哨之机，尾随哨兵进了庙门。侦察员们都紧跟在后面。刘参谋指挥着路德亮、朱开富、孟士俊扑到西屋前，把住西屋门口。刘参谋和杨小保、常生林把住东屋门口。猛然，刘参谋一脚踢开门冲进去，举枪喊道："举起手来！"就在东屋里

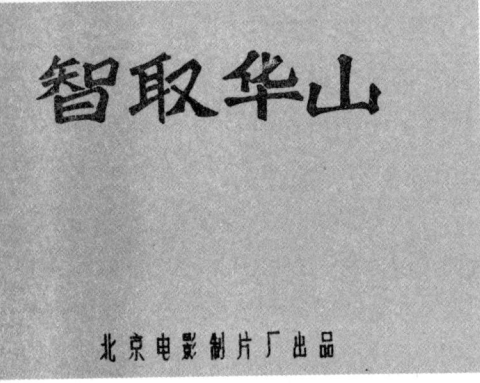

刘参谋行动的同时,在西屋里,路德亮等也踢开门冲进去,举枪吼道:"不准动!"匪军们赤身露臂地跪在炕上投降。

刘参谋说:"我们现在立刻去解决千尺幢!"路德亮说:"那儿有敌人一个连,袭击恐怕有困难!"刘参谋想了想,毅然地说:"最好能偷偷摸进去。我们现在就要抓住敌人的恐惧心理,向敌人发起突然的攻击。必要时,还得配合政治进攻,向敌人攻心!"

刘参谋、路德亮、常生林押着匪梁排长一起从百尺峡走下来,利用匪梁排长向匪军们喊话,展开政治攻心,促使在千尺幢的匪军们纷纷把枪丢下,举起双手投降。

刘参谋把一封信交给常生林说:"老常同志,请你赶快把这封信送到团部去,在华山峪沟里你准能碰上我们的部队,随后就把他们带上来。现在,我们这里只要有办法,尽量不暴露,拖延时间。""好,用不上两个半时辰,准能到!"常生林说着,接过信从千尺幢洞口走下去。刘参谋转身对侦察员们说:"同志们,现在我们要赶紧回到北峰去,封锁苍龙岭,掐住西峰的敌人,要尽量不让西峰敌人发觉!"他回头又对王生齐吩咐道:"王生齐,你留在这里看管俘虏,准备迎接部队上山。等一会,你要是听见苍龙岭那边打响了,就赶快向山下发紧急信号,通知团部!""是!"王生齐说。嘱咐完后,刘参谋和侦察员们迅速地离开了千尺幢。

刘参谋、路德亮、朱开富等隐蔽在苍龙岭下面的小渠里,监视着苍龙岭。不一会,匪副营长从西峰顺着苍龙岭的石阶路走下来。在他的前面走着一个护兵。护兵一步一步地走下来,孟士俊和刘家典猛然从旁边蹿出来,用枪逼住他说:"举起手来!"护兵后退几步,发现是解放军,又一扑,抓住孟士俊的枪口,同时大声地喊叫:"解放军!关营长,不好,解放军……"关营长惊慌地转身往西峰上跑去。关营长一面往上跑,一面举着手枪,胡乱地向后放枪。刘参谋对路德亮说:"打枪!通知千尺幢的王生齐,向团部发信号!"接连三颗红色的信号弹,高高地飞上天空。

团长、政委和参谋长正在看地图。通信员跑进来,气喘吁吁地说:"报告!千尺幢上发现我们的信号!"团长兴奋地说:"全明白啦,这七个英雄真行!"他对通信员说,"通知部队,立刻跑步向千尺幢前进!"方子乔大声向电话里喊着说:"北峰!北峰!"副官慌忙奔进来说:"报告旅长!千尺幢上发现共军的信号!"方子乔大惊说:"信号?"一句话未完,关营长丢魂失魄地喊叫着说:"司令,司令!"他上气不接下气地说,"报告司令,北……北峰……让共军占啦!"

方子乔对参谋长和关营长吼道:"共军夜里悄悄摸上来,一定人不多,赶快集合西峰的队伍,集中炮火,死活不管,给我冲下苍龙岭,夺回北峰,重新控制千尺幢,把天险拿回来,拿回来!"匪军们散布在西峰,向苍龙岭下面射击。侦察员们端起枪。顿时,几支冲锋枪一齐开火,猛烈地向敌人扫射。刘参谋等人坚守的阵地上,方子乔带着督战队赶过来喊道:"谁退砍掉谁。"

常生林领着主力部队急速地向华山飞奔。苍龙岭的匪军们拼命地往下冲着、吼叫着,已经有一批匪军冲到刘参谋等坚守的阵地前沿。刘参谋、刘家典、杨小保、朱开富等都跳出工事投手榴弹、扫射,准备和匪军肉搏。

千尺幢上，人民解放军大部队冲了上来，并迅速地爬上百尺峡。大部队喊叫着冲到北峰。刘参谋在阵地上跃起来，侦察员们向冲来的大部队欢呼。刘参谋向侦察员们高声喊道："冲上西峰去！"方子乔、姨太太和参谋长逃到舍身崖边，他们眼前是万丈深渊，前进无路。刘参谋和侦察员们从后方冲过来，几条枪逼到方子乔等人胸前，方子乔等人只得举起了手。侦察员们押着方子乔等人走去。

刘参谋和侦察员们走来，战士们向他们欢呼。团长兴奋地向刘参谋走去。刘参谋向团长立正喊道："敬礼！"侦察员们都举手敬礼。团长、政委、参谋长同侦察员们一一热烈握手。团长兴奋地说："谢谢你们，同志们，祝贺你们的胜利！"战士们欢呼。

团长转身又同常生林握手说："常生林同志，谢谢你援助了我们！"常生林激动地笑着。团长向战士们大声地说："同志们，美丽的华山又回到了人民的怀抱！这荣誉属于人民！属于我们的侦察英雄！这荣誉属于我们千千万万为人民事业创造奇迹的战士！属于我们伟大的领袖毛主席！"

"毛主席万岁！万岁！"战士们的欢呼声震动华山。

影评选粹

惊险战争电影的经典之作

这部影片在20世纪50年代初战争题材影片的创作中是一个新的探索，它开辟了以惊险样式反映革命战争的新路子。影片故事内容的重点并不是落在揭示战斗的战略意义上，而是通过"自古华山一条路"这个悬念，突出展现七名侦察员与天斗、与地斗的特殊惊险情节，歌颂了解放军战士大无畏的革命英雄主义气概。

影片之所以独具一格，关键在于它高度地、正确地发挥了人的意志力量，从而把观众对新鲜事物的好奇心理，领入了一个更高的精神领域中。影片中的英雄们和极其险恶的华山地势作战，和数量众多的敌人作战，之所以最终取得了胜利，正是他们忠于人民，忠于祖国的集中表现。

值得一提的是，影片的摄影非常出色，生动地再现了美丽神奇的华山风貌，以及层层险要的华山地形，这些既是全片独特的背景，又是全剧重要的叙事内容，情景交融，寓意于景，具有浓烈的艺术感染力。

精彩回放

只有把惊奇险恶的情节构成影片的主要内容时，才可称之为惊险影片。无疑，《智取华山》就是一部名副其实的惊险影片。所以，它的主要情节都由常人所做不到的事件构成，而不仅仅是在个别的情节上带有惊险的性质。

影片的头一句话"自古华山一条路"，便向观众表明了要寻找第二条上山的路是困难的，或者是不可能的。终于，在当地药农的帮助下，解放军找到了第二条路。但这条路是壁立千丈的"天井"、目不敢视的"老虎嘴"和根本没有道路可通而且面临万丈深渊的"天桥"。七名侦察英雄走在这条路上，稍有不慎，便会粉身碎骨。因此，他们每行一步，观众都暗地为他们捏一把汗。当他们通过"天桥"后，又要面对数量众多的敌人，这无疑要求他们要有更大的毅力、勇气和冒险精神。

这种构成影片主要内容的惊奇险恶的情节，使观众无时无刻不沉浸在紧张而又刺激的氛围中，从而获得别样的艺术享受。

渡江侦察记

　　敌榴弹炮阵地情报都在这里，你们无论如何要在明天拂晓前送过江，完成任务后打三发信号弹，我们在青龙山回答的信号是三堆火光。

　　——李春林把竹筒递给吴老贵并交代道

影片档案

　　出品：上海电影制片厂
　　编剧：沈默君
　　导演：汤晓丹
　　主演：孙道临　齐　衡　孙永平

荣誉成就

1957年荣获"1949—1955年"文化部优秀影片一等奖。

影片史料

1949年4月20日,国民党政府拒绝在国共双方和谈代表团拟定的《国内和平协定》上签字。解放军第二、第三野战军和华东军区、中原军区在刘伯承、陈毅等人组成的总前委的指挥下,奉命于当晚以木帆船为主要渡江工具,发起了以歼灭国民党京沪杭警备总司令部总司令汤恩伯集团为目标的渡江战役。渡江部队于5月3日解放杭州,5月22日解放南昌,5月27日解放上海,并最终在6月2日解放崇明岛,渡江战役结束。渡江战役共歼灭国民党军队46个师43万人,为进军福建、华南、西南,加速全国解放创造了有利条件。

剧情故事

一

风疾云驰,波涛汹涌,浩瀚的长江不见半片帆影。1949年春,解放军某部侦察连班长吴老贵和侦察员小马站在长江北岸水深齐腰的芦苇滩里，用望远镜向南岸观察。只见对面国民党军队正在修建防御工事，吴老贵命令小马赶紧报告。屋内，侦察员杨威、周长喜正在争论什么时候渡江的问题，杨威说："看架势，敌人还想凭着长江跟我们较量较量呢！"

周长喜不以为然地说道："较量？又不是没有较量过。辽沈、平津、淮海三大战役，蒋介石的老本都赔上了。他们还剩几个人？"周长喜越讲越来劲，"东起江阴，西到九江，我们集结了一百万大军，指导员说渡江胜利不成问题……"

这时，连长李春林走到浑身泥浆的杨威、周长喜身旁，关心地让他们回去休息，并且让他们告诉班长吴老贵，晚上四班接替他们班执行任务。他让大伙洗洗澡，好好休息休息。

杨威等人洗过澡，兴高采烈地围坐在江边听吴老贵讲战斗故事。吴老贵已经讲完两个故事。这时李春林悄悄地走过来了，战士们齐声邀请连长讲一个故事。于是，李春林给大家讲了他八年前的一段亲身经历：

"八年前深秋的一天，我在新四军一个支队当侦察员，当时皖南事变刚刚爆发，队伍被打散了。突围之后，我在江边又遭到日寇的伏击，右胳膊受了伤。当我转过一个山角时，忽听到前方传来狗吠声和枪声，我从隐藏的草丛里往外一看：原来是伪保安队大队长侯登科。他正带领敌兵沿江追捕群众，焚烧渔船和渔村。于是我来到江边，只见芦柴滩里一条被烧毁的小渔船旁，躺着一个老渔民的尸体。一位拖着辫子的姑娘默默地跪在尸体的旁边。

敌人的枪声逐渐逼近，姑娘机警地拉着我钻进了芦苇丛中，招呼我上了小渔船，然后她用竹篙一顶船头，小船被推离岸边六七尺远。我正担心她上不了船，只见她两手平握篙子，稍微后退一步，身子往前跃，篙头插进水里，人像燕子一样轻轻地从半空中落在船头上。接着顺势又撑篙，小船朝江心驶去。敌兵赶到港口，小船已经驶远了。侯登科气急败坏地向江心胡乱地打枪，然而小姑娘神色不变，一直将我送上北岸的芦苇滩。"

长江大提上，参谋长和侦察科长向李春林布置任务："要查清正面敌人的江防部署，特别要查清敌人的炮兵阵地，以便在渡江战役发起时更有力地打击敌人，更好地保证我突击部队的成功。"接着，他们又一起研究了具体行动方案。参谋长还叮嘱李春林："当地游击队经常在牤牛岭、白马山一带活动，过江后要和游击队密切配合，紧紧依靠人民群众才能更迅速、更有把握地完成侦察任务。"

江对面的长堤上，国民党军正在拆毁民房，驱逐老百姓。屋外几个国民党兵正在往卡车上装抢来的木料。南岸庙宇后院的藏经楼上有一排面向长江的窗户。国民党军军长放下望远镜，得意地吹嘘着："这样坚强的立体防线，如果共军没有大量的飞机和登陆艇配合，那是很难突破这长江天险的。"情报处长探过头来奉承地说："军座，根据我的情报，共军目前还没有飞机和登陆艇，他们只有经不起一发炮弹的木帆船。"军长环视周围的众军官，只见他们一个个沉默不语，他自己也感到兴味索然，不想再说下去了。

宽敞的茅屋里，吴老贵逐个地检查侦察员们的装束。周长喜注意到吴老贵穿的新鞋，大呼小叫地招呼大家过来看看。于是吴老贵把一只脚搁在长凳上让大家看，只见新鞋帮上端端正正地绣着"渡江胜利"四个字。吴老贵有些得意地说："是孩子他妈给我捎来的，她还勉励我让我立功，全家光荣。"大家听完都笑了。侦察兵们做完准备工作，斗志昂扬地来到了江边，军参谋长给战士们做战前动员。李春林辞别军首长，信心百倍地带领战士依次上船。小木船乘风破浪向江南驶去。船到江心，忽然从下游传来"隆隆"的马达声，原来是一艘敌巡江炮艇逆水向木船驶了过来。

李春林机警地命令做好战斗准备，并吩咐船老大改变木船航向，迎着敌艇冲上去。距离敌艇越来越近，李春林命令吴老贵打开手电对着敌艇摇了两个圈，让敌兵误以为是"自己人"，从而轻易地将敌人蒙骗过去。木船加快速度驶抵南岸登陆地点螺丝嘴。这里崖高壁陡，水流湍急。战士们迅速地搭成人梯上岸，上岸一看，只见紧靠江岸的是一排铁丝网，离铁丝网不远处有一个地堡。突然一道手电光从地堡里照射过来，战士们立即卧倒。等到手电光熄灭，吴老贵、周长喜紧贴地面，轻轻地剪开铁丝网，战士们紧跟着爬了过去。正在这时，两个敌哨兵从碉堡附近向吴老贵、小马走过来。吴老贵与小马一跃而上，一刀刺死敌哨兵。于是侦察兵们迅速地通过碉堡，向南面的一座山头跑去。

敌军长听到报告说螺丝嘴阵地两个哨兵被暗杀，非常恐慌。他命令敌情报处长立即封锁清洋河，并叫搜索营马上在白马山一带挨村挨户进行搜查。这时，李春林和侦察兵们已顺利地抵达白马山。李春林仔细地观察了一下地形，招呼大家在靠公路边的一个竹林里暂时隐蔽。敌搜索营沿着左侧公路上了山，在树林里搜索了半天，不见人影。等敌兵走远，李春林招呼战士们向陈老爹家走去。

走到门前，李春林轻轻地叩门，只听陈奶奶在里边说："刚才你们不是来搜过了，屋里老的老，小的小，什么东西也没有。"李春林知道是误会了，在门外解释道："老妈妈，我们不是国民党，我们是当年的新四军。"陈奶奶转身看看老伴，陈老爹示意不可轻信。陈奶奶一面答称"我们家里没有新四军"，一面贴着门缝往外瞧。在闪电中，她清楚地看到战士们站在屋檐下，雨水"哗哗"地淋在他们身上。两位老人家终于看清楚是自己的队伍来了，于是他们连忙打开门把同志们迎进屋里。李春林褪下雨帽，露出鲜红的红五星，满怀深情地说："老爹，老妈妈，我们是中国人民解放军，是你们自己的队伍回来了！"陈奶奶激动地打量着日思夜想的亲人，热泪夺眶而出。

正说着，陈老爹的孙女青儿进来报告："爷爷，刘队长来了。"李春林向门外望去，只见一位便衣打扮的农村姑娘朝屋里走了进来。陈老爹作了介绍，刘队长紧紧地握住李春林的手高兴地说道："县委早就通知我们，说江北有同志过来，要我们积极配合。"

他们决定当晚就向游击队的根据地——清洋河进发。要通过清洋河，只有这一座大石桥。李春林和刘队长叫大家暂时隐蔽在桥北山坡上的小树林里。他们趁机俘获了敌保安大队长侯登科和狗腿子侯七。

第二天天刚微明，化了装的吴老贵押着侯登科、侯七直奔清洋河大石桥。大家趁着化装成敌军官的吴老贵训斥保安队员的间隙顺利地过了桥。刘队长带着侦察兵们翻过一座山，来到小湖边。她对着湖面一声呼哨，不一会，两个游击队员背着枪，撑着两只小船钻出芦苇丛，疾驶过来。刘队长怒视着侯登科说："侯大队长，八年前，是你亲手杀死了我父亲！你天天剿我、抓我，出三十两黄金买我的人头！"听到刘队长这番话，李春林敬佩地望着她，感到她好面熟。正在这时，小船已经驶到岸边，杨威押着侯登科上船。

李春林、吴老贵、小马等相继登上另一条船。因为人多，船头搁浅了。刘队长站在岸上，从游击队员手里接过篙子，插进船头底下，熟练地用肩膀一扛，再用力一撑，船被推出八九尺远。接着，她迅速地后退一步，又往前一跃，篙头点入水中，人像燕子一般轻轻地落到船头上。

河岸那边突然响起一阵枪声，坐在另一条船上的侯登科听到枪响，不顾死活地扑通一声跳下水去。刘队长一跃而起，掏出驳壳枪在侯登科脑袋露出水面的一刹那，结果了这个恶贯满盈的反动派走狗。小船驶抵南岸，在刘队长的带领下，大家来到游击队根据地牯牛岭。隐蔽在树林里的游击队员们欢呼着冲下山坡，侦察兵们飞快地迎了上去。顿时口号声、欢呼声震天撼地，响彻云霄。李春林向刘队长打听当年营救自己的渔家姑娘的情况。经过仔细的交谈，李春林惊喜地发现刘队长就是当年那个救了自己的小姑娘。

当天夜里，李春林、吴老贵、刘队长围坐在小棚里商量。他们从游击队员们反映的情况，知道最近敌人正在到处拆房砍树，到处抓人修筑江防工事。于是，李春林决定明天去江边侦察。

二

第二天一早，李春林、吴老贵、小马、杨威等都改成农民打扮，扛着扁担、箩筐，混在走向江边的民工队伍里。刘队长手提小竹篮，喊着"卖香烟、洋火、桂花糖"，走在横拦着的铁丝网的外面。

杨威、小王走到入口处，敌军官捣捣杨威结实的胸脯："嘀，傻小子真棒！上前面抬石头去。""是！班长！"杨威答着话，和大伙一齐走进了口子。

李春林正走着，张营副过来盘问，李春林不理，他机警地大声招呼走在前面的陈老爹："老爹，你老人家也来啦？"陈老爹故意打量一下李春林，拉大嗓门道："哎呀！你不是何老八家的大小子吗？你看，我的眼睛多不管事。"李春林看看敌军官并不怀疑，加快步伐，和陈老爹进入敌阵地。

李春林被派去扛木料。两人经过木桩堆时，看见一个背皮包的敌军官指着一张图纸对两个敌兵在吩咐着什么。李春林绕过去一看，原来是一张《江防工事修建图》。敌军官对敌兵讲完话，就叠起图纸放进皮包里，顺手拿起靠在墙上的钓鱼竿，到江边钓鱼去了。李春林在江边卸下木桩，对吴老贵努努嘴，低声叫他立即将敌军官皮包里的图纸取来。

吴老贵和小马趁人不注意时，就先后潜入水底，向敌军官钓鱼的芦苇夹港处游去。敌军官正在聚精会神地钓鱼，忽见水面上的浮标跳动了几下，便高兴地举起钓竿，去抓钩子上的鱼。就在这时，小马从水中伸手抓住敌军官的脚,把他连人带鱼拖进水里。吴老贵从敌军官的皮包里取出图纸,把皮包踩下河底,随手掰下根芦竹,将图纸卷成细长条塞进芦柴管中。小马结果了敌军官,又从钓鱼钩上取下鱼来。吴老贵拨开鱼嘴,将芦柴管塞进了鱼肚子。两人消除了一切痕迹,潜回江边将鱼交给李春林。

这时,刘队长趁着给敌人一班长卖烟的时候,明白了敌人驻防的情况:灯标以东为八十八师,以西为八十六师。这时,李春林走近正在铁丝网外叫卖香烟的刘队长。"我摸到一条鱼,跟你换两盒烟。"刘队长有意讨价还价,"换一盒吧。"李春林接过烟说道,行,一盒就一盒。于是他顺手将装有情报的鱼交给了刘队长。刘队长藏好鱼,继续叫卖着香烟离开了。李春林取出一支烟,刚放到嘴上,忽见十几辆摩托车急促地驶进入口处。敌情报处长跳下车,边走边问张营副有无突然事情。张营副点头哈腰地说上工时就已检查,没发现情况。敌情报处长仰着头继续向前走,这时杨威和一个民工拿着木棒走过来。

敌情报处长突然打量着杨威问:"站住!你是干什么的?"杨威镇静地答道:"种田的。"敌情报处长一把拉开杨威的衣襟,露出他右肩膀上的一道红印子笑着说道:"嘿嘿,你不是种田的,你是扛枪打猎的!"说完,命令敌兵将杨威带走。

这时,民工们迅速地从四面八方围拢来。陈老爹冲出人群,用身子护住杨威大声说:"你们不能随便抓人,他是我儿子。"

敌情报处长歪着头问:"你儿子肩膀上哪来的红印子?"李春林在人群里答道:"干活哪有肩膀不红的。"

陈老爹理直气壮地拉开衣襟露出肩膀说道:"是啊,庄稼人干活,挑担磨的,这几天给你们修工事,挑肩压的。大家说是不是?"民工们也跟着亮出肩上的红印子,冲着敌情报处长大声喊道:"谁的肩不红?你说肩红的都要抓起来,我们明天谁都不来干活!"敌

渡江侦察记

情报处长理屈词穷,狼狈不堪,感到民工们确实不好对付,便悻悻骂了几句,灰溜溜地走了。

天黑以后,李春林、刘队长等回到牯牛岭。李春林伏在报话机旁口述电文,由报务员将情报发到了江北。江北解放军部作战室里,侦察科长念着刚收到的电报:"敌结合部以黄村的灯标为界,灯标以东为八十八师,以西为八十六师。"军参谋长高兴地听着电文,将内容标在地图上。军参谋长命令立即回电表扬侦察兵们取得的成绩,同时指示李春林要随时掌握敌情变化,特别要严密注意敌炮兵动向,随时向军部报告。

敌军长收到汤恩伯的来电,说给他们配备了一个榴弹部队。敌军长非常高兴,感到这次防御长江万无一失。他命令严密封锁消息,不能让解放军知道"秘密武器"的下落。敌情报科长派出一队30人的谍报队伍,全力搜索解放军侦察连的情况。

李春林收到军部电报，受到极大的鼓舞。李春林和刘队长接到重要情报：昨天深夜，敌人有大批车辆开往狮子山一带，还把那里的群众都赶走了。他们感觉到里面有问题，于是李春林决定把情况侦察清楚。

当天，李春林他们设下妙计，由刘队长假扮回娘家的新媳妇，撑着油纸伞，坐上鸡公车行进在山间公路上。相隔半里开外，吴老贵、小马和游击队员们扮作民工，推着七八辆满装米包的鸡公车，顺着公路过来。李春林头戴礼帽，身穿长衫，走在车队前面。过了一会儿在路口山石上歇脚的刘队长做个暗号——收拢油纸伞，李春林便对吴老贵使个眼色，顿时七八辆鸡公车翻倒在路中心。疾驶过来的敌卡车猛然煞住，车上跳下几个敌兵，破口大骂。李春林迎上去从长袍里掏出驳壳枪，对准了敌军官。侦察兵和游击队员们也迅速亮出武器。敌军官和喽啰们惊慌地举手缴枪。李春林和周长喜从车座上拉下敌驾驶兵，叫一声"走"，连同其他俘虏一起押进路旁的竹林里。李春林在竹林里详细盘问敌军官后，和侦察兵们换上敌人服装，走出竹林。

周长喜跳进敌卡车驾驶室，李春林嘱咐刘队长将竹林里几个敌兵带到山上看押起来，然后尽快和游击队员到前面的山口接应他们。刘队长答应着去了。

三

卡车驶近狮子山敌军检查哨，几个敌兵拦住卡车问："哪一部分的？"李春林一拍车门："八十八师工兵营！"敌兵又问干什么去。李春林答道："砍树，江边修工事等用木料。"敌兵一看车门上的番号，挥动绿旗让卡车通过。周长喜加大油门，卡车冲上山坡，在一片广阔的松林边停住。侦察兵们仔细看去，果然见一门门美制榴弹炮隐蔽在树丛那边，炮口直指长江北岸，几百个放炮兵正在加紧修筑工事。于是吴老贵、小马、杨威跳下车,拿着锯子、斧头走进松林。周长喜坐在驾驶室里,赶紧将放榴弹炮阵地的地形图详细绘制下来。

敌炮兵参谋看到卡车,转身走了过来。李春林没等他走近,迎上去说:"劳驾借个火。"边说边递上一支烟。敌炮兵参谋推辞一番,接过了烟,掏出打火机给李春林点火。李春林和他拉扯起来:"你府上好像是……"

敌炮兵参谋答道:"河南开封。""哦,咱们还是同乡呢。""你口音改多了。老弟,混得不错吧?"李春林叹口气:"在人家手底下当个小连副,是个受气的差事。"李春林看着榴弹炮阵地说,"你们工事修得差不多了吧?我们江边就靠你们大炮撑腰了。"

敌炮兵参谋压低嗓门道:"不瞒你说,现在风声很紧,要是给共军摸去情况,这30多门炮,搬也来不及。"正说着,一个敌兵走来:"报告参谋,团长叫你。"敌炮兵参谋向李春林说声"少陪",便急匆匆走了。李春林等同志们装好木料,命令周长喜赶快开车。卡车沿松林向前飞驰。忽然,前面公路上尘烟滚滚,敌情报处长带领摩托车队迎面驶来。周长喜说:"连长,又碰上那股敌人了!"李春林从容不迫,回头命令吴老贵、杨威、小马立即做好战斗准备。

敌摩托车队"嘎"的一声停在路当中,卡车被迫停下。敌情报处长上前盘问:"哪一部分的?"李春林答道:"八十八师工兵营,江边修工事急等用木料。"

敌情报处处长恶狠狠地问道:"江边那么多民房不能拆吗?"

李春林机智地回答道:"民房已经拆光了。"敌情报处长贼眼一转,气势汹汹,继续盘问李春林:"你们师长姓什么叫什么?"李春林答道:"李国栋。"

敌情报处长继续不甘心地问道:"参谋长呢?"

"陶四海。"李春林耐心地回答道。

敌情报处长仍然不死心，继续问道："工兵营长呢？"

李春林不厌其烦地回道："张鹏飞。"

"那么你呢？"敌情报处长终于有些不耐烦了，他决定问最后一个问题。

"第二连连副江彪。"李春林对答如流，没有露出一丝破绽。

敌情报处长转向车尾，阴险的目光扫过吴老贵、小马，最后盯住杨威，猛然想起在江边阵地见到过这个人。他不由一惊，连忙伸手去摸枪。李春林一直警惕地注视着敌处长，见他伸手摸枪，便抢先一步，对准他的脖子猛击一拳。这个反动家伙惨叫一声，跟跄地跌倒在路边沟里。卡车上，吴老贵用冲锋枪一阵猛扫，杨威、小马接二连三扔下手榴弹。敌兵被打得晕头转向，四处乱窜。李春林飞身上车，卡车"呼"的一声向前冲去，飞速地行驶着。敌情报处长气急败坏地从沟里爬起来，打电话叫一个加强连坐卡车，围追前面的卡车。

公路上，敌摩托车队紧紧追赶，与李春林他们乘坐的卡车距离愈来愈近。吴老贵、小马、杨威一面将木料推下车，设置障碍，一面举枪射击。当卡车转过弯刚要下坡时，迎面又驶来几辆装满敌兵的大卡车。原来是敌加强连接到电话赶来了，形势万分紧迫。就在这危急关头，刘队长和游击队员们赶到了山口。顿时，一束束手榴弹飞向敌卡车，敌兵乱成一团，纷纷倒毙。李春林叫周长喜煞住卡车，让同志们跳车上山。于是，车速渐渐慢下来。车尚未停稳，吴老贵、小马、杨威已经跳了下去。周长喜正要随大家一起跳车，突然"啪啪"两颗子弹打中车窗玻璃。周长喜中弹，卡车方向盘失去控制。"长喜！长喜！"李春林连声叫唤。周长喜咬着牙撑起身子，从上衣口袋里掏出一张被鲜血染红的纸交给李春林，深情地说："连长，这是敌榴弹炮阵地图，快上山……我掩护你们。"李春林接过阵地图说："不行，我背你走！"周长喜情绪激动，"连长，为了江南人民的解放我可以牺牲自己的一切……情报要紧！"他坚决地将李春林推下车去。

路那头，敌卡车发疯般追来。周长喜摘掉头上的敌军帽，紧握方向盘咬牙猛踩油门，卡车高速地向迎面驶来的卡车撞去。"轰"的一声，两车相撞。李春林在山坡树林里看得清清楚楚，哀痛地脱下帽子。侦察兵们和游击队员们也都悲痛地脱帽哀悼壮烈牺牲的战友。

山坡上苍松挺立，松树下，侦察兵和游击队员会合转移。队伍来到一个林木茂密的山头，李春林机警地察看一下地形，命令设好

岗哨，注意警戒，随时准备阻击敌兵。

由于敌谍报人员发现了侦察连的行踪，敌情报处长带领了大批敌人前来围捕。李春林果断地做出决定：立即把情报发到江北去。他命令战士们赶快控制山头，做好战斗准备。形势刻不容缓，李春林命报务员改用直接通话。报务员接通电话，李春林掏出地图对着话筒呼叫。一大群敌兵在敌情报处长的驱赶下匍匐而上。这时，已在山头抢占有利地形的吴老贵、小马、杨威他们一阵猛烈射击，打得敌兵纷纷败下阵去。山头的另一面，刘队长和游击队员也早已严阵以待。等到敌兵爬到半山腰，刘队长、小王等端起机枪向敌兵扫射，敌兵纷纷毙命。

在战士们的顽强阻击下，敌兵始终未能攻上山头。这时天色渐黑，敌兵在山脚下燃起篝火，整个山头被紧紧包围起来。李春林从容不迫地和刘队长、吴老贵、小马等商量下一步计划。他决定当夜突围，冲出敌军封锁线。李春林安排熟悉水性的吴老贵、小马带情报泅渡过江，把这个情报及时地报告给军首长。吴老贵坚定表示保证完成任务。

山头隐蔽处，李春林对这次突围做了具体部署：刘队长带一路队伍直奔螺丝嘴，造成从那里偷渡的假象，迷惑敌人。吴老贵和小马悄悄插到敌八十六师、八十八师结合部过江，由他和杨威、小王负责掩护。李春林取出一只竹筒递给吴老贵："敌榴弹炮阵地情报都在这里，你们无论如何要在明天拂晓前送过江，完成任务后打三发信号弹，我们在青龙山回答的信号是三堆火光。"

吴老贵小心地接过竹筒，揣在怀里，布置停当。李春林、刘队长率领侦察兵、游击队，沿着山脚悄悄地接近公路，隐蔽埋伏在灌木杂草丛中，准备突围。

敌结合部阵地附近，吴老贵、小马正在匍匐前进。吴老贵拉着小马跳出土坑，弯着身子潜向公路边的灌木丛中。不料公路上突然出现一队敌兵,吆喝着向前搜索,这对吴老贵、小马是个严重威胁。李春林毅然举枪"哒哒哒"扫了一梭子,将几个敌兵打倒在地。

一听到枪声,吴老贵见连长他们成功地吸引住敌人,便和小马迅速越过公路,向江边靠拢。接近敌人江边碉堡时,他们听到两个敌哨兵的说话声。过了一会儿,周围全无动静,敌班长带着另一个哨兵巡逻去了。吴老贵和小马见时机已到,拔出匕首,一跃而上,干净利索地把留下的那个敌哨兵干掉。就在他们过铁丝网的时候,吴老贵胸口受伤,他将装有情报的竹筒交给小马,命令小马突围,自己作掩护。小马饱含热泪地接过他手里的竹筒越过铁丝网,毅然抱起一棵木桩,扑到了江里。他冒着敌人的炮火,忍受着寒冷刺骨的江水,迎着急流奋力向江北游去,最终顺利游到北岸。

解放军前线指挥所内,军参谋长接到了小马送来的重要情报。他情绪激动地凝视着被烈士鲜血染红的阵地图,命令侦察科长赶快把情报交给炮兵。军参谋长来到小马身边,小马听到脚步声挣扎着支撑起来,"首长,快打三发红色信号弹,连长他们正等着呢!"

三发鲜艳的红色信号弹升向夜空。这时李春林、杨威、小王已经胜利返回青龙山,与游击队会合。刘队长站在半山腰上,突然发现信号弹,不禁欢呼跳跃起来。李春林命令点火,战士们立刻在青龙山上点起三堆火。长江两岸,红色的信号弹和熊熊的火光遥相辉映。紧接着,解放军指挥所一声令下,炮兵阵地万炮齐鸣,千万发炮弹排山倒海似的飞向长江南岸。炮弹不偏不斜,像暴风雨般倾泻在敌榴弹炮阵地上。敌阵地天崩地裂,一片火海,众敌兵狼奔豕突,抱头鼠窜。

在"隆隆"的炮声中,解放军千百条战船扬着篷帆,成一字形向南岸飞速挺进。战船上各种轻重武器喷出火舌,犹如千万条火龙直逼江南,敌沿江防御阵地迅速被强大炮火摧毁。解放军先头部队已经越过江滩,占领敌前沿工事。敌阵地土崩瓦解,敌兵丢盔弃甲,溃不成军。李春林、刘队长率领游击队配合大军作战。敌军长失魂落魄地坐着吉普车向南逃窜。李春林、刘队长等早已严阵以待，守在公路旁，等到吉普车驶近，杨威端起机枪一阵扫射，吉普车顿时起火掉入山沟去了。敌情报处长负隅顽抗，刘队长一枪打落他的帽子，杨威一梭子击中他的手腕，然后把这个老奸巨猾的国民党顽固分子从车子底下拖了出来。

红日东升，霞光万道。解放军先头渡江部队乘胜向南挺进，公路两旁站满了热烈欢送大军的群众。李春林和刘队长、陈老爹等乡亲们热情握别，他即将和战友们踏上新的征途。人群中刘队长激动地看着李春林说道："我相信不久我们会又见面的。"

侦察兵们迎着朝阳整装待发。英雄们跨着骏马，更加显得神采奕奕。李春林与战友并辔而立，策马向群众挥手致意。群马奔腾，李春林英姿焕发地催动身下的马匹向南奔驰而去。

影评选粹

情节曲折·细节描写

导演汤晓丹喜欢用惊心动魄的故事、曲折跌宕的情节来吸引观众。在故事情节展开过程中，一个真实可信的人物形象因为脱离了脸谱化的"好人""坏人"之分，而呈现在观众面前。同时影片还有丰富的抒情性，让人们领略到革命战争中真情的可贵。

影片的另一重要艺术特色是不单纯地追求惊险和感情的含蓄描写，还更注重人物的刻画和细节描写。如刘队长两次相似的撑篙动作。通过对这一细节动作的处理，将前后相隔八年、她和李连长的两次相遇联系起来，同时也将一个渔家姑娘成长为游击队长的过程简洁而又生动地展现在观众面前。

精彩回放

  导演汤晓丹在刻画人物方面拥有高超的技术,对老侦察员吴老贵的形象塑造最为成功。他的一脸络腮胡子,一个盛白酒的军用水壶,以及一双由爱人亲手绣的"渡江胜利"的新鞋;在出发前与战友们谈论自己爱人的情况;吴老贵穿上妻子做的新鞋,毫不掩饰对妻子的深情,那一刻吴老贵的幸福写在了脸上。通过这些细节的描写,电影给我们勾勒出一个外表粗犷,内心情感丰富的优秀侦察员形象。

  影片还通过对吴老贵酒壶的三次特写,生动地刻画出一个乐观幽默、遵守纪律的普通侦察员的光辉形象。最后一次,酒壶中的酒和他的鲜血汩汩地流淌在即将被解放的大地上,这一场景让人为之。感动。

保密局的枪声

黑暗的大上海马上就要解放了!
——影片中女主人公对和平的热烈期盼溢于言表

影片档案

出品:长春电影制片厂
编剧:郑 荃 金德顺
导演:常 彦
主演:陈少泽 正 华 向 梅

荣誉成就

影片荣获 1979 年文化部优秀影片奖。它作为一部具有艺术魅力的惊险影片,在当时的同题材影片的创作中取得了开一时风气的成绩,并对新时期惊险样式影片的拍摄起到积极的推动作用。

影片史料

保密局的前身是著名的"军统" —— 全称"国民政府军事委员会调查统计局",国民党政府最大的特务组织之一,成立于 1938 年,戴笠任副局长。1946 年 6 月,军统的公开武装特务部分划归国防部二厅,秘密核心部分组成国防部保密局,简称"保密局"。

剧情故事

一

上海解放前夕,国民党反动派正在进行最后的挣扎。

一个风雨交加的深秋夜晚,在一座阴森恐怖的地下刑讯室里,国民党国防部保密局驻沪小组组长冷铁新,正指挥着一伙特务,残暴地拷问共产党员周甫祥。

"说呀!说不说!"大汉们边用皮鞭抽打周甫祥,边吼叫着。

周甫祥的嘴角,露出轻蔑的微笑。接着,随着呼啸的皮鞭抽打声,周甫祥再一次昏死过去。

敌人妄图从周甫祥口中得到共产党在上海的地下工作者名单,什么残酷的刑具都用过了。周甫祥同志一次又一次因疼痛昏死过去。但是,敌人每次用冷水把他泼醒,得到的还是一副怒目圆睁和充满蔑视的面孔。

在一个角落的小桌前，坐着一个30岁左右的青年，他是文书刘啸尘。皮鞭的巨响使他抬起眼睛向周甫祥望去。他握着笔的手不由自主地震动了一下，他立即将笔伸向墨池，不停地蘸着墨，而面前摊开的纸上一个字也没有写。

突然，皮鞭声戛然而止。"完蛋了！"一个大汉惊惧地看了一眼冷铁新，像犯了罪似的轻声说道。

"你们这些蠢货、笨蛋！我要活的！要活的！"冷铁新暴跳如雷地敲打着桌子，"谁让你们打死的！我要把你们全宰了！"说罢，便发疯似的对三条大汉大打出手。

气急败坏的冷铁新在刘啸尘身边猛地站住，伸手夺过记录纸，见是白纸一张，不禁怒火中烧。他恶狠狠地骂道："我是请你来旁听的吗？"刘啸尘委屈地说："可他一个字也没说呀，组长！"冷铁新怒不可遏地把那张空白记录纸撕得粉碎。特务们被冷铁新的狂暴行为吓得呆若木鸡。

深夜，刘啸尘冒着风雨，神色凝重地回到家里。他刚把门带上，还没有开灯，便不由自主地靠在门上，长长地出了一口气。突然，他发现一个黑影坐在写字桌前，吃了一惊，迅速拔出手枪，厉声喝道："不许动！"霎时台灯亮了，只见转椅上坐着一位俊俏的年轻女人。这个女人没理会刘啸尘的警告，而是平静地自我介绍道："我叫史秀英。"那女人微笑着轻声说，"不记得了吗？刘啸尘！"只听刘啸尘"啊"了一声，然后立刻追问道："你来干什么？"

当史秀英说完联络暗语后，刘啸尘惊喜地冲上前去，紧紧地握住她的手，他心里有许多话要对她说。他们从部队分别以后，快八年了。今天，为了革命的需要，又见面了，真是说不出的高兴！

当史秀英得知周甫祥已经牺牲时，显得异常悲痛。随后，她轻轻地走近刘啸尘，说："为了消除敌人继续破坏党组织的威胁，为了给周甫祥同志报仇，我们必须在最短的时间内查出这个叛徒。"

啸尘问道："有线索吗？"

"发现一个有重大嫌疑的人，但需要进一步证实。我们已经约他明天晚上八点在百乐门舞厅对面碰头，看看他的反应。同时还需要你从敌人内部掌握他的情况。有困难吗？"啸尘听后，表示坚决完成任务。

百乐门舞厅是达官显贵们的乐园。舞池中，男男女女随着音乐尽情舞蹈，沉浸在纸醉金迷的世界中。

这时，刘啸尘陪着冷铁新走了进来。他们绕过舞池，来到一个靠窗的台子，在坐下的同时，刘啸尘在台子下偷看了一下手表：7点51分。

刘啸尘顺着冷铁新的目光往外看，发现舞厅对面街上停着一辆三轮车，车上那个用破帽遮住前额装作打瞌睡的车夫，正是杨玉林。一个打扮时髦的人站在三轮车旁，嘴里叼着一支香烟，一副故作欣赏街景的样子，看起来像是杨玉林的同伙。

刘啸尘大方地走进舞池，邀请打扮成贵夫人的史秀英跳舞。他们踏着舞步，夹杂在舞蹈的人群中间。刘啸尘轻声地说："完全证实了。那个人是叛徒。"史秀英说："那就设法解决他。"

约定碰头的时间早已过去，气得眼球血红的冷铁新霍地站了起来，低声咒骂了一句后，擦亮一根火柴，在窗边比画了几下，然后示意刘啸尘到楼上预定好的房间里去。

瘦长个子看到信号后，便走了进来，穿过舞厅，跟在了他们的背后。冷铁新回头向他一摆手，怒声喝道："黄显才，请吧！"

刘啸尘故意躲开与黄显才的对视，最后来到房间中。黄显才背对刘啸尘，面对冷铁新，在屋中间站着。冷铁新目光凶狠地瞪着黄显才说："你这个骗子，你约的人呢？"

黄显才声音发抖地说："他……他们确实是约我准8点接头的。冷先生，我可是真心真意为您效劳啊！"

"就拿这骗人的把戏吗？"

"不，不，这次失败了，下一次……"

"下一次？"冷铁新冷笑了几声，"还有什么下一次，这是共产党的圈套，你已经是块废料了！"

黄显才十分惊恐，卑贱地讨好说："冷先生，不要动怒，我可以再提供……"

"快讲！"

黄显才欲言又止，不放心地回头看了一眼刘啸尘。他突然睁大了眼睛，努力再看一眼，失声叫道："他，他，他，就是共产党！"他伸手指向刘啸尘。冷铁新立刻伸手掏枪。

"不许动！"机智果敢的刘啸尘已先发制人，威严无比地挺立在敌人面前，厉声喝道，"举起手来！"

冷铁新勉强地把手举起，但又故作亲密地说："老弟，这是怎么回事呀？难道我们还能受他的挑拨吗？"他边说边往前挪动脚步。

刘啸尘喝道："站住，动，就打死你！"

冷铁新忽又强硬起来，"姓刘的，外面都布满了我的人，只要你枪声一响……"

刘啸尘蔑视地说道："堂堂的军统保密局处长大人，竟看不出我握着的是无声手枪，别装了！"

"你暴露身份了。只要你把枪放下，咱们的事好商量……"说

139

着，冷铁新忽然向门边一瞥，点点头，还用手指拧了一个响儿。刘啸尘吃了一惊，以为有人来，眼睛向门边闪动了一下。就在这一瞬间，冷铁新突然向刘啸尘握枪的手飞起一脚。刘啸尘急忙闪身躲开，说时迟那时快，枪口对准了冷铁新的头部，只听"噗"的一声，冷铁新摇晃了一下，便一头栽倒在地上了。

此时，叛徒黄显才已吓得目瞪口呆。他下意识地往后移动着两条颤抖的腿。刘啸尘愤怒地逼上前去，庄严地宣布："我代表人民宣判你死刑！"接着，又是"噗"的一声。

经过一番激烈的思想斗争，刘啸尘决定用自伤来迷惑敌人，继续潜伏在敌人内部。

史秀英尾随刘啸尘来到房间，亲眼看着刘啸尘用枪对准自己的左上胸开了一枪，倒在了地上。她极力控制住自己的激动心情，按照刘啸尘的吩咐，把用过的那支手枪放在手提包里，另将一支没有用过的枪留下了。

在舞厅外面，早已等候得不耐烦的杨玉林决定进去探个究竟。他缓步登上楼梯时，与史秀英擦肩而过，不由得回头看了一眼史秀英。当他撞开房门，看到三个倒在血泊中的人的时候，不禁大吃一惊。

二

在一家医院的病床上，刘啸尘从昏迷中逐渐醒过来。他缓缓地睁开眼睛，看到一位两鬓斑白、举止文雅的人坐在床沿上，正出神地望着自己。见刘啸尘醒了，这人便示意他好好休息，安心养伤。

接着，这个人便走了出去，找到法医，了解刘啸尘的枪伤是否属于正常。法医说："就距离讲，不能完全排除自伤，但就枪伤的部位来看，不像是自伤，除非他是个疯子，不想活了。"接着又说，"如果射击者离被害者很近，同样会造成现在这种结果。"这位先生沉思了片刻，便关照医生让刘啸尘尽快恢复健康。

随着时间的流逝，刘啸尘的身体渐渐恢复了健康。一天，那个先生又来了，经过介绍，刘啸尘才知道他是上校长官张仲年，也是新来的组长。

他们围绕这次事件谈了一阵之后，张仲年像是随便谈天似的说："你现在最关心的是战争，是时局，还是什么别的？"

刘啸尘回答道："这我都很关心，但现在最关心的是打我一枪的凶手。"

"哈哈哈……"张仲年笑了起来，"这正在我的意料之中。我可以满足你的要求，让你去认识一下凶手，消消气！这对你恢复健康也许很有好处。"

刘啸尘听了，不禁心头一紧，心想：难道秀英已经被捕了？

随后，张仲年领着刘啸尘来到阴森恐怖的地下牢房层，在一处黑洞洞的铁栅栏前停住。透过铁栅栏，在灰暗的灯光下，刘啸尘看见在低矮的床板上，躺着一个面目不清，像是受过严刑拷打的女人。但从她的发式、身材看去，很像史秀英，这不由使他打了个寒噤。他努力平复好自己的心情，他清楚，此时张仲年正在观察自己。

狡诈阴险的张仲年定睛注视着刘啸尘的反应，阴阳怪气地说道："怎么样？你放心，她还活着。"然后用手轻轻扶住刘啸尘的肩膀说，"我看得出你动心了,这对你的健康很不利。还是到楼上去吧！"

在楼上，面对狡诈阴险的张仲年的变相审问，刘啸尘随机应变，抓紧战机，主动出击，以单刀直入之势直压过去，使张仲年由主动变成被动。最后，诡计多端的张仲年感到无计可施，又露出一副慈祥的面孔对刘啸尘说："回去休息吧！我只是随便问问。干我们这一行的，就是要站着进来，躺着出去。你这次化险为夷，定能因祸得福。"

这时，老三推门而入，毕恭毕敬地说："组座，您该吃点心了。"张仲年应了一声，便让老三把他的亲信余云禄叫了过来，吩咐他好好照顾刘啸尘。

虽然在这次审查中，刘啸尘顺利地回答上了张仲年的提问，没留下任何纰漏，但这并未让阴险狡诈的张仲年彻底解除对他的疑虑。

春节刚过，年初二那天，张仲年趁刘啸尘过来为他拜年之际，与他的亲信们在刘啸尘面前上演了一出戏，企图让刘啸尘自动暴露身份。此时的刘啸尘还被蒙在鼓里，考虑到此事关系到自己同志的安危，于是便欣然接受了张仲年派给他的任务。

晚上，刘啸尘和余云禄化装成工人模样，迅速赶到苏州河一带的工人住宅区，按指示来到一间矮小的破木板房前，偷看屋里的情形。

屋里面聚集了六七个人，正在议论纷纷地秘密开会。刘啸尘伸直脖子朝屋里仔细一看，发现左边的那个人同照片上的李阿全一模一样，心想：怎么给他们报个信呢？他思索了一阵，便悄悄地把脚边的一根木头，轻轻推到余云禄的脚后。

当他们转身离开的时候，"哐啷"一声，余云禄被木头绊倒了。屋里的人闻声跑出，揪住他们二人，连打带踢地拖进屋里，挥拳舞棍地逼问刘啸尘，刘啸尘没有还手。这时，那个李阿全从腰间霍地拔出一把尖刀，怒视着刘啸尘吼道："是谁派你来的，说不说？不说，就让你站着进来，躺着出去！"

"站着进来，躺着出去！"其余工人也都这样叫道。

一听这种痞气十足的话，刘啸尘突然明白过来了，暗暗好笑，心道：张仲年，我就顺着你导演的这出滑稽戏演下去！他摆起一副宁为党国尽忠的架势，昂然说道："想让老子投降，休想！"他借两边架着他的人的支撑，突然飞出一脚，把李阿全踢出了几丈远，迅速拾起李阿全的刀子，逼了过去，一刀结果了李阿全。

经过此次事件，张仲年终于解除了对刘啸尘的审查。

三

一天，刘啸尘从报上读到一则党组织约定的联络暗号《寻人启事》，以此联系上了史秀英。史秀英向刘啸尘传达组织派给他的新的任务，要刘啸尘同张仲年建立更密切的关系。她交给刘啸尘一份被解放军打死的一个敌伪旅长的材料和照片，这个人和张仲年有一些特殊关系。

就这样，刘啸尘通过这张照片与张仲年拉上了关系。张仲年对刘啸尘很满意，并让他做自己的贴身秘书，升为少校副官。

一天，刘啸尘无意间从杨玉林口中得知晚上有行动，便赶忙回到办公室。这时，管档案的阿纪夹着一叠卷宗慌慌张张地闯了进来。啸尘看出他又喝多了酒，灵光一闪，便把他叫住："酒气重重的，怎能去见张组长？"阿纪着急说："不行呀，这是他急要的沪东大学共党名单。"说完，转身就要走，却撞上了刚进来的张仲年。张仲年见了阿纪，便满面怒色地说："为什么才送来？"刘啸尘赶忙为阿纪开脱："他找过你几趟了。我问他送的是什么，他又不说，所以我也没有催他。"

张仲年接过阿纪手中的卷宗，便告诉啸尘马上出发。啸尘一边应着，一边装作收拾东西，脑子里却迅速转动着。张仲年刚走出去，他立即拿起电话，把情报送了出去。

到了沪东大学，张仲年立即命令特务包围了学校，随后，他来到会客室，与学校的刘训导长商量如何派人把学生中的共产党嫌疑分子找来。他们正谈着，窗外突然响起了一阵急促的钟声。"怎么回事？"屋里的人几乎同时惊叫起来。

办公大楼前的广场上，人头攒动，情绪激昂。蜂拥而来的同学们汇聚在一起，"反对迫害爱国青年""打倒法西斯""特务、走狗从学校里滚出去"的口号声，像巨雷般此起彼伏。

张仲年和刘训导长惊慌失措地趴在窗口往外瞧，站在一旁的刘啸尘却暗暗地松了一口气。

张仲年气急败坏，大声吼道："这是怎么搞的？"

杨玉林跌跌撞撞地闯了进来。气喘吁吁地说："组座，赶……赶快调队伍，抓，抓吧！"

刘啸尘制止说："不能，这满广场的人，抓谁去啊？"说毕，又走向张仲年，好像贴心似的说，"组座，这事要慎重，如果一旦……"

张仲年站在窗口，脸色阴沉，紧咬嘴唇，一言不发。

就这样，沪东大学这场斗争，张仲年算是惨败了。

战局对国民党反动派越来越不利，解放军已迫近南京。于是，张仲年把目标瞄准了破坏共产党的组织，特别是高级组织。

一天晚饭后，刘啸尘走进自己的办公室，无意听见张仲年正在向杨玉林交代任务。他找了个借口走了出去，立刻来到大光明电影院，与史秀英在楼上大厅一角会合。啸尘说："这次行动可能是针对罢工领导小组的。"秀英问："行动的时间？""晚上7点。"秀英说："好，我立即通知他们转移。"

啸尘刚回到办公室，就听里间张仲年在说："共党诡计多端，已转移到这个地方了。你们要提前行动！用共党的话说，这叫敌变我变。哈哈……"刘啸尘心想，敌人盯得好紧啊！报告组织已来不及，只好争取亲自出马了。

傍晚，刘啸尘和杨玉林一起驱车来到杨树浦目的地附近。刘啸尘抢先从车里出来，向左右瞭望。突然他吃了一惊，发现史秀英就在前面不远的地方走着。史秀英在拐弯时，侧头一看，大惊。她完全没有料到敌人竟提前行动了，拔腿就跑。

"是她……"突然，杨玉林自言自语道。紧接着，他立即命令后面上来的特务，"快，抓住前面那个女人！"

眼看秀英要被追上了，这时，刘啸尘大步超过杨玉林，故意摔倒，后面的人冷不防跌成了一堆。在混乱中，刘啸尘扣了一下扳机，清脆的枪声回荡在周围的楼房里。

很快，杨玉林领着众人跟踪追进一座楼房，一脚把门踢开，举枪喝道："不许动！"

这时他们发现屋内什物已经被翻得乱七八糟，史秀英正被人看押着。一个身材高大的人冷冷地问道："干什么？"

杨玉林说："你们被捕了！"

"被捕？"矮胖子嘻嘻地笑了两声。

大个子满不在乎地说："误会了！"

这把杨玉林闹糊涂了，半晌，他才喝道："举起手来，少废话！"

那矮胖子却慢慢地掏出一个证件，扔给了杨玉林。

杨玉林接住证件一看，原来这些人是"中统"的。他望着刘啸尘，不知道该怎么办才好。

这时，站在他旁边的大个子说："我们是留在这里，专门等候这个女共产党的。"说完，便命令把史秀英押下去。

杨玉林眼见到了嘴边的肉吃不上，正要反抗，却被大个子缴了枪。刘啸尘心想，决不能让敌人把秀英押走。这时，矮胖子持枪逼近他，手里玩着一把铜钥匙说："怎么样，先生？你可要放明白点儿！"刘啸尘望着那把长杆铜钥匙和矮胖子的表情，明白了这是共产党组织安排好的，痛快地把枪扔下。

杨玉林回来后，向张仲年撒了个谎，说那个共党是他们先抓住的，硬被"中统"抢走了。张仲年气呼呼地说："真是欺人太甚！"随后，他给中统局去了电话，请他们查核。当中统回电话告知不掌握这个情况，也根本没有人去时，张仲年不禁愣住了，脸色越来越难看，半晌才说道："好哇，杨玉林，竟敢玩忽职守，放掉共党，欺骗上司……"说罢，找到杨玉林，将他枪毙了。

四

解放军在战场上的节节胜利，使得国民党内人心惶惶，甚至有人开始悄悄为自己找后路。张仲年正奉命制订一个"二线工作计划"，企图潜伏一批地下军，对上海进行破坏。共产党组织知道这个信息后，便秘密向刘啸尘传达命令，让他查清楚这个计划的内容。

一天下午，张仲年把"二线工作计划"用漆加封后，郑重地对阿纪说："它关系到党国的复兴大业，涉及上千名忠诚党国的人的生命安危。你一定要保管好。"站在旁边的啸尘，一边注意地听着，一边盘算着。

不久后的一天晚上，刘啸尘把喝得烂醉的阿纪送回了家，顺利地从阿纪的腰上摘走了保险柜的钥匙。他刚要把钥匙伸向保险柜锁眼，余云禄却来了。当看到刘啸尘，他大吃一惊："怎么？刘副官，你怎么在这儿？"

刘啸尘并不慌张，反问道："怎么？我怎么不能在这儿？"

余云禄惊异地看着倒在地上的阿纪，又看看刘啸尘，疑惑地问道："他怎么啦？"

"喝得烂醉，倒在大街上，我只好把他送回来。"然后，刘啸尘和余云禄一道离开了。

余云禄回到保密局后，向张仲年报告了遇见刘啸尘的经过。张仲年十分惊疑，命令余云禄立即把刘啸尘找来。余云禄带人来到刘啸尘的住处，发现室内空无一人。

就在这个时候，刘啸尘突然又出现在阿纪面前。阿纪惊讶地问道："你怎么进来的？"刘啸尘举起从阿纪身上摘下的钥匙说："不是你把我领来的吗？"阿纪吃惊地说："不，不，刘副官，你要是这么说，我可一点儿活路也没有了！"

经过刘啸尘宣传党的政策，晓以大义，讲明利害，阿纪动心了。他犹豫地说："刘副官，我只要一打开柜子，命可就在你的手里了。"说完，便打开了保险柜，取出潜伏计划，交给刘啸尘。

正当刘啸尘查看潜伏计划的时候，铁门被砸开了，余云禄冲了进来。刘啸尘急速把计划文件折叠好，沉着地塞进了西服内袋里，与余云禄展开了激烈的搏斗。

这时，阿纪已经镇静下来了，当他想到自己的生路只能是跟着刘啸尘的时候，立即掏出手枪，朝余云禄的脑门猛击下去。这一击，余云禄永远也起不来了。

当刘啸尘和阿纪沿着楼道向大门跑去时，突然背后响起了张仲年的声音："站住！"他们不由一震，停住了脚步。张仲年从门后闪了出来，喝道："把手举起来！"

张仲年握着手枪步步向刘啸尘逼近，老三也持枪站在背后盯视着。张仲年咬牙切齿地说道："刘啸尘，我很佩服你，可现在……你还有什么本领？"

就在这一刹那，"砰"的一声，只见张仲年的身体摇晃着倒了下去。老三举起了一把铜钥匙，"快从后门出去，她在第三条弄堂口等你，这里由我应付！"原来老三就是上海地下党员常亮同志。

刘啸尘激动地挥手与常亮告别，和阿纪安然进入一辆黑色轿车，向上海郊区驶去……

影评选粹

惊险情节·别具一格的人物塑造

这部影片以地下工作者因叛徒出卖而被捕为开头,惊悚情节贯穿始终。小悬念累积并推动着大悬念,可谓环环紧扣,既出人意料,又合乎情理,生动形象地表现出这场潜入与反潜入、"考察"与"反考察"的尖锐复杂斗争,具有扣人心弦、惊心动魄的艺术效果。

值得一提的是,影片在人物塑造方面彻底打破了"三突出"('文革'期间的文艺指导理论,具体内容为:在所有人物中突出正面人物,在正面人物中突出英雄人物,在英雄人物中突出主要英雄人物)的创作框框,成功地塑造了惊险样式片新的人物形象。人物的"好"和"坏"不再写在脸上,性格、品质随着情节的发展逐步显露出来,使得人物形象更加真实可信,尤其是影片中的反面人物形象张仲年。这更有力地反衬出正面人物的机智、勇敢、技高一筹,从而使影片获得理想的审美效果。影片中的史秀英具有处变不惊的特点,少了女共产党员的概念化,富有人情味,更能让观众接受。

精彩回放

影片并不是依靠外在的动作、紧张的氛围、惊悚的音乐来吸引观众,而是以故事本身的内在节奏,造成一种类似被吸入旋涡一样的紧张感。观众始终被情节和人物命运紧紧吸引,和主人公刘啸尘一起经历危险,从而获得极大的满足感。

谁是叛徒?他是否认识我党打入敌人内部的刘啸尘……刘啸尘最终获得信任并获取敌人的核心机密。他的机智勇敢给人留下了深刻的印象。

建国大业

> 让开大路，占领两厢，把土地分给农民，让耕者有其田，这天下就是我们的。
>
> ——毛泽东

影片档案

出品：中国电影集团公司（领衔出品）
编剧：王兴东　陈宝光
导演：韩三平　黄建新
主演：唐国强　张国立　刘　劲

荣誉成就

2009年12月第1届澳门国际电影节金莲花奖优秀影片大奖、最佳女配角、最佳故事片大奖（提名）。

2010年5月第17届北京大学生电影节突出贡献大奖。

2010年5月第3届铁象电影大赏年度十佳电影。

2010年6月第15届上海影评人奖十佳影片奖。

2010年8月第10届长春国际电影节金鹿奖最佳华语故事片奖。

2010年10月第6届中美电影节金天使奖十部优秀影片奖。

2010年10月第30届大众电影百花奖最佳故事片、最佳女配角。

2010年11月第8届中国影视化妆金像奖。

2011年8月第14届中国电影华表奖优秀故事片奖、优秀导演奖、优秀电影音乐奖。

2011年10月第28届中国电影金鸡奖最佳录音。

影片史料

中国人民政治协商会议是在新中国成立前夕，由中国共产党和各民主党派、无党派民主人士、各人民团体、各界人士共同建立的具有广泛代表性的中国人民爱国统一战线组织，是中国共产党领导的多党合作和政治协商的重要机构，是中国政治生活中发扬社会主义民主的重要形式。

1949年9月21日，中国人民政治协商会议第一届全体会议在北平召开。会议讨论通过了《中国人民政治协商会议共同纲领》《中国人民政治协商会议组织法》《中华人民共和国中央人民政府组织法》。会议决定：中华人民共和国定都北平，将北平改为北京；采用公元纪年；以《义勇军进行曲》为代国歌；国旗为五星红旗。会

议选举毛泽东为中央人民政府主席,朱德、刘少奇、宋庆龄、李济深、张澜、高岗为副主席,周恩来等56人为中央人民政府委员,组成中央人民政府委员会。同时,选出以毛泽东为主席的由180人组成的中国人民政治协商会议第一届全国委员会。

影片是为纪念中国人民政治协商会议第一届全体会议召开60周年而拍摄的。

剧情故事

一

1945年,中国抗日战争胜利,第二次世界大战的硝烟刚刚散去,日本帝国主义被逐出中国。饱经战乱的中国依旧前途未卜,国共之争再次成为国内外关注的焦点。中国将向何处而去,这是一个决定民族命运的深刻命题。

8月28日,为了最终实现和平、民主的建国大业,中共中央主席毛泽东同周恩来、王若飞等人从延安飞往重庆，与蒋介石为首的国民党政权进行和平谈判。

在重庆，蒋介石为迎接毛泽东一行人准备了盛大的欢迎宴会。国民党的主要军政要员和其他民主党派要员、无党派人士都参加了宴会。

国民党海军总司令陈绍宽见蒋介石和毛泽东各拿酒杯一起走过，马上立正敬礼。在蒋介石走之后，国民党军事参议院院长李济深问陈绍宽："听说你要辞职？就是辞职也得参加完南京的受降仪式。你是抗日的功臣，仪式上不能没有你这个民族英雄。"

陈绍宽回答说："我若不递辞呈啊，很快就成了内战的罪人了。八年抗战，与国家的敌人作战，打光了拼光了，没话说，可如今胜利了，还打，打谁呀？中国人打中国人，这种事我不干！"

与此同时，蒋介石和毛泽东向所有到场的人愉快地碰杯喝酒。主持人宣布："各位，委员长、毛先生提议，为了和平干杯！"

第二天，两党共同举办了一次记者招待会。蒋介石和毛泽东分别从楼梯的两侧汇聚到中央，两人庄重并严肃地把手握在了一起。

楼梯的不远处，站着很多记者。《中央日报》的记者抢先发问："蒋主席好！毛先生好！我是《中央日报》的记者，我注意到今天两位都穿着中山装，那在今天这样一个特别的日子里，一样的着装有什么特殊的含义吗？"

蒋介石和毛泽东谦让之后，"东道主"蒋介石回答说："中山装是民国政府公务人员的正式着装，中正（蒋介石，名中正，字介石）身为国府主席，今天是代表政府迎候毛先生莅临陪都，自然要穿中山装以显庄重。"

蒋介石说完，记者立马发问："请问毛先生，您也是同样的原因吗？"

毛泽东笑呵呵地说："原因很简单，委员长和我都是中山先生的弟子，国共两党继承的是中山先生民主革命的衣钵，同宗同源，存续相依，中山先生的传人都穿中山装，那是再自然不过了。"

第一个发问的记者，再一次抢着说："毛先生，对不起，鄙人今天看到你们二位站在一起，确实有一些激动和兴奋，我就是还想再问毛先生一个问题，就是在即将开始的谈判中，您认为关于政治民主化的问题，国共两党能够找到共同点吗？或者达成共识？"

毛泽东幽默地回答："只要找，共同点总会有的，刚才这位记者先生，不是已经为我们找到了一个共同点吗？"全场响起了热烈的掌声。

国民党一边与共产党进行和谈，另一边国民党副参谋总长白崇禧主持召开会议，研究部署如何消灭共产党。

和谈的闲暇时间，毛泽东把中国民主同盟主席张澜、中国民主同盟中央执委罗隆基请到重庆八路军办事处。中央军委副主席周恩来给大家倒水，说："表老（张澜，字表方）有什么意见就请直说，我们共产党一向是有话摆在桌面上讲的，我们从来不隐瞒自己的观点，也会尊重民盟和其他朋友的意见。"

谈话中，张澜用手杖敲着地板，对毛泽东说："润公（毛泽东，字润之），国共两党如果都不在军权上松手，兵争不止，那么和平民主从何谈起呀？"

毛泽东笑着说："双方谈判都不让步，肯定谈不拢啊！表老居中调停，这个情我领啊！也罢，为了早日实现和平民主建国，我们就先让一步。"

最终，中共中央共产党决定做出让步。在1945年10月10日，国共双方签署了"双十协定"。

在国共双方达成和谈之后，美国方面和苏联方面都发表声明，支持中国建立多党派联合政府。之后，周恩来在重庆八路军办事处召开记者招待会，建议召开各党派代表会议，结束国民党一党专政，改组国民政府为各党派获有公平、有效的代表权的泛代议制政府，借以实现中国之民主统一的建议。

1946年1月，政治协商会议召开。会议上，蒋介石发表讲话："本次协商会议，致力于政治民主化，在协商基础上，力求组建多党派联合政府，以期和平统一之早日实现。"

国民党方面，许多国民党人私下串通起来，拒绝承认政治协商会议，并且反对让位给民盟和中共。

1946年2月，学生上街游行庆祝政协会议闭幕。在重庆校场口，学生还进行了街头演讲和活报剧演出。来参加活动和观看演出的还有许多政协会议的委员。

突然，一群穿着黑衣服的人手持棍棒冲进人群，见人就打，现场一片混乱。许多学生和群众都被这群暴徒打伤。这时，国民党军事委员会副委员长冯玉祥赶到这里，从卫兵手里拿过步枪，朝着天空开了一枪，人群立刻四散开来。另一个路口，警察队长带着人大声喊着："谁在开枪，谁在开枪？"冲进会场。

冯玉祥对着警察的脚下就是一枪。警察队长慌慌张张地站直身体，声音颤抖地说："冯长官，市区里边，不让开枪。"

"倒许他们行凶打人！"冯玉祥接着他的话说下去。

两个卫兵抓到一个暴徒，在警察面前暴打一顿，冯玉祥对着地上的暴徒，满脸怒气地说："我不管你是哪家的王八蛋，回去给我冯玉祥带句话，有本事明着来，别那么下作！"

国民政府还都南京之后，召开了以国民党为主导的国民大会。不久，国民党撕毁"双十协定"，向中原解放区发动进攻，内战全面爆发。

1946年7月，在云南昆明，中国民主同盟盟员、《民主周刊》社长闻一多在街头进行反对内战的演说，当天晚上就被国民党反动派杀害。

在南京军事委员会,冯玉祥要求见蒋介石。蒋介石知道副官阻挡不住,提前躲进里屋中。冯玉祥手提白色的灯笼闯进办公室里,自语道:"委员长恩赐我出洋考察,特来向我的义弟辞行,他倒不在。"

跟着冯玉祥进来的副官,问道:"副委员长,你提着个灯笼,大白天的……"

冯玉祥嘲笑地说:"大白天?黑暗啊!不打灯笼我找不着道儿。"

副官赔着笑脸,说:"冯长官,说笑话。"

"我哪有这个心情!三民主义吾党所宗,他要再一意孤行,国民党败亡之日当在不远。我就是这么句话,请他多保重吧。"说完,冯玉祥就提着灯笼离开了。

延安枣园,毛泽东在会议上讲话:"二十年前,我党为寻求和平,放下过武器,结果呢?换来的不是和平,而是大屠杀。所以我们长了记性,为了实现和平,为了未来消灭战争,就必须对敌人强加给我们的这场战争,予以反击。"

1946年11月,在南京制宪国大上,蒋介石说:"在本届国民代表会议闭幕之后,政府将在3个月内,戡平内乱,彻底消灭叛乱割据之共产武装,实现国家之实质统一,民族之实质和平。"

二

1947年3月,国民党向延安发起进攻。国民党出动空军对延安进行轰炸。延安被炸成一片废墟,中共中央被迫撤离延安。对于撤离延安,毛泽东说:"有人说,放弃延安使中国革命受到了重大挫折,如果这也算是挫折的话,我们这个党,这支军队,就是在无数这样的挫折中走过来的。存地失人,人地皆失;存人失地,人地皆存。我们要用一个延安,换取全中国。"

在上海,民主同盟召开会议,决定拒绝参加蒋介石召开的"一党制的国民大会"。

毛泽东等人在陕北清涧枣林沟召开中央书记处会议，周恩来说："后勤分队走散了，吃的穿的都存在问题。"

毛泽东听完这话马上吹灭蜡烛，说："晚上我还要给新华社写社论，这半根蜡烛啊，省着点儿用吧。"

朱德说："老毛，这开书记处会呢！"

"不就是开会嘛，开会就是说话，看见看不见的没关系。"毛泽东点了一根烟之后，接着说，"老蒋不顾一切大打出手，子弹不长眼，我的意见，我、恩来、弼时组成前敌委员会，留在陕北。少奇、老总（朱德，中国人民解放军总司令）组成中央工作委员会，东渡黄河去华北。"

刘少奇担心地问："搞两个中央？"

毛泽东接着说："鸡蛋不能放在一个篮子里，分开摆放，打烂了一坨，还有一坨嘛。"

自1947年7月开始，中国人民解放军由战略防御转为战略进攻，战争从解放区进入到国民党统治区，拉开了解放全中国的序幕。中共中央于1948年5月迁往河北。

在南京，国民党单方面召开国民大会。会上宣布，蒋介石当选中华民国第一任总统。大家热烈鼓掌，并纷纷向蒋介石表示祝贺。

在河北保定城南庄，中共中央开会，研究五一节口号。最后由中共中央新华广播电台向全国播报出去。

孙中山的夫人宋庆龄、中国民主同盟主席张澜、身在香港的国民党革命委员会主席李济深，都在收听广播。各民主党派都在等待中国共产党的态度。

南京政府总统官邸，蒋介石召见国防部保密局局长毛人凤，并命令他监视所有的民主党派人士，如果发现有人投共变节，可以秘密杀害。

1948年5月18日，国民党飞机对毛泽东所在的保定城南庄进行轰炸。毛泽东由于刚吃了安眠药入睡,聂荣臻找来担架,命令警卫员强行将毛泽东拖上担架。大家冒着敌机的轰炸,跑向防空洞。路上,战士们正在组织老乡向防空洞转移。

1948年5月,中共中央向西柏坡转移。毛泽东和周恩来站在山坡上,通信员送来一封电报。周恩来看过电报对毛泽东说:"主席,五一节口号有了广泛的回应,众党派都具名签字了。"

毛泽东听后说:"哦,这么快啊,这倒是始料未及啊。"

周恩来松了一口气说:"是啊,现在各方态度已经明朗,民盟和民革都站到我们一边。"

"老蒋彻底孤立了,水到渠成,召开新政协这件大事该做出安排了。"

西柏坡中共中央驻地,毛泽东和周恩来边吃饭边讨论召开政协会议的选址问题。最后毛泽东拍定哈尔滨作为重开政协会议的地方。

与此同时,在南京总统府,蒋经国为了整顿国家经济问题,对蒋介石说:"上海是远东的金融中心,只要上海的市场能够稳定,全国的市场就能够稳定,我要去上海。"

蒋经国来到上海,没有理会上海市市长吴国桢协同各界人士的接风宴,直接喊来戡乱建国总队所有人开会。蒋经国以迅雷之势拿下孔家在上海的所有仓库。

毛泽东邀请的各民主党派要员北上,参与筹备重开政协大会。但是中间党派只派遣自己的下属与中共洽谈,主要官员并没有离开所在地北上哈尔滨的意思。

冯玉祥将军应毛泽东邀请在苏联驻美大使的帮助下,自美国回国参加政协大会。但在回国的轮船上遇难,享年66岁。

晚上,冯玉祥的死讯传到西柏坡。周恩来对着部下大发雷霆,训斥着:"你们平时的能耐哪里去了?自吹自擂是老地下党,能耐大得很,当年在上海如何如何,在红队如何如何,现在呢?冯将军一个大活人，被活活烧死，这就是你们的工作成绩？"周恩来拿起报告摔在地上。这时，毛泽东推门进来，压着火气问道："是国民党特务干的？"

"苏联方面解释说，是冯将军自己在船舱看电影，胶片起火引燃了船舱。"有人回答说。

周恩来气愤地喊道："胶片起火？他是个大活人，他不会跑吗！你们怎么判断的？都是猪脑子。"

毛泽东拍着周恩来的肩膀，说："人死了，苏联方面当然要推卸责任，茫茫大海，又是在国外，一时谁也说不清楚。"说完，捡起地上的文件，让大家都回去休息。

第二天，毛泽东、周恩来和刘少奇走在树林里，毛泽东边走边说："冯将军12岁从军，50年戎马生涯，身经百战而不死，却因为我们的邀请，万里赴会，葬身大海，我很愧疚啊！"

1948年10月，辽沈战役打响了。

在西柏坡，朱德、毛泽东和周恩来焦急地等待着前线的战况。周恩来向毛泽东报告说："政协会议的草案，张澜、沈钧儒回信了，表示赞同，有一些小的修改，均是细节。"

"够朋友，他们知道我们在打仗，能理解，难得啊！"

周恩来点点头，说："表老生病了，北上的事，可能得缓一缓。"

毛泽东吸了一口烟说："将心比心，一定要请，至于什么时候来，由表老自己决定吧。"

与此同时，国民党内部也是暗流涌动。李宗仁和白崇禧正在暗中计划推翻蒋介石的独裁统治。

河北平山西柏坡，中共中央书记处在开会。朱德对大家说："表老这个川北圣人，那是真圣人，不是虚的。政治协商会议若是没有他在，恐怕我们这些四川老乡，没有一个人敢去啊。"

周恩来给大家水杯里加满水，然后自己端着水杯坐在凳子上说：

"表老年纪太大,东北又天寒地冻,老人家确实来不了,万一有个三长两短。"

毛泽东问大家:"北平如何?把会期延迟到明年,地点就改在北平。"

"我看要得。"朱德非常同意。

1948年11月,辽沈战役胜利结束,东北野战军南下入关。蒋介石亲自坐专机到北平同傅作义交谈全国的战局。

晚上,驻守北平的国民党将领傅作义回到自己家中,叫住女儿傅冬菊说:"你现在的上级领导是谁啊?"

傅冬菊疑惑地看着爸爸说:"我们不是说过互不过问嘛?"

"我想和那边的人谈一谈。"傅作义低声地说。

傅冬菊开玩笑地问:"谈什么?谈牵马执鞭啊。"

傅作义皱了一下眉头,严肃地说:"冬菊,我现在和你说的话,关系到近百万人的生死。"

三

南京总统府中,蒋介石说:"元旦快到了,侍从室拟一个公告,月底发布吧。他们要我下台,我便下台吧。"

蒋介石于21日离开南京,回到浙江奉化溪口老家。国民党的具体事务由李宗仁主持。但是蒋介石仍在幕后操纵党政军大权,是国民党实际上的总裁。

与此同时,在香港李济深的公馆里。国民党革命委员会常委、廖仲恺夫人何香凝说:"毛泽东、周恩来几番邀请被你回绝,你的架子好大哦!"

李济深不好意思地说:"廖夫人言重了,一则是家里的确有事,二来军事组公务走不开,所以……"

"新政协筹备一日紧似一日,国民党几十年了,总不能缺席吧？"何香凝反问道。

廖仲恺、何香凝之女廖梦醒接着说："您迟疑着不肯去，难道要毛泽东到南京去请蒋介石吗？"

中共中央社会部副部长潘汉年说："蒋介石我们是绝对不会请的，他是战犯，是元凶。看政治协商会议，没有国民党不行，任公啊，毛主席说了，他在北平等您。"

李济深放下杯子，思索着。

河北西柏坡，中共中央召开书记处会议。周恩来笑着说："我看，蒋介石是在给李宗仁出难题，知道李宗仁想和谈，他便抢先提出来。一来，是怕李宗仁抢了开启和谈的美名；二来，也想恶心我们一下。"

朱德说："这么一弄，李宗仁再想和我们谈就困难重重了。"

周恩来严肃地说："现在民盟和民革等各方面，都还没有表态，还都在看着，不过我估计，他们从心理上，还是希望我们能够谈一谈。"

毛泽东笑着接过大家的话说："好啊，那我们就给他一次和平谈判的机会，但是怎么谈，那得我们说了算。"

与此同时，淮海战役取得全面胜利。

通信员拿着电报向毛泽东的办公室跑去，一路喊着："捷报！捷报！"电报上写着，淮海总前委来电，歼敌55万人，活捉杜聿明。蒋介石的五大主力军团就此全军覆没。毛泽东拿着电报，慢慢地说："长江以北，从此再无大战了。"

晚上，西柏坡里灯火通明，群众载歌载舞，尽情地庆祝胜利。中共中央书记处的领导们，在酒席上激情地唱起了《国际歌》，并与群众一起欢庆胜利。

上海市张澜公馆，张澜在接受记者的采访。一个女记者问："张澜先生，您认为此时此刻，中共会接受政府的求和声明吗？"

"绝无可能！"张澜说。

刚才提问的记者说："为什么会是这样？"

张澜回答："蒋介石不放弃所谓宪法，不要说共产党不会认，人民也不会认。"

1949年1月，傅作义起义使得北平和平解放，为新政协顺利召开创造了有利条件。

上海市宋庆龄公馆，李宗仁前来向宋庆龄求援。宋庆龄没有北上帮国民党居中调停的意思。在送走了李宗仁后，廖梦醒对宋庆龄说："看来，李代总统的日子不好过呀！"

宋庆龄边走边说："是啊，蒋介石名义上退位，可依旧操纵着背后的一切，李宗仁手上没有足够的权力，实际上是个傀儡，这样的谈判是不会有结果的。"

1949年3月，在河北省平山县西柏坡，召开了中国共产党第七届中央委员会第二次会议。新华社的记者在会场的门口架起摄影机，拍摄参加会议的中央领导。与会领导陆续走进会场。会场里，毛泽东乐呵呵地同林彪开玩笑说："林彪啊，还这么瘦啊？一百多万国民党军装进肚子里，还没把你吃胖了！"与会代表们哄堂大笑。大家坐好之后，周恩来走上主席台，宣布会议开幕。

河北省涿县（今涿州市），毛泽东快步地在大街上转着，对陪同的县委书记说："转了两条街，没看见一个商店开门营业，成俊同志，你是县委书记，这可不行。"

涿县的一家小饭馆里，县委书记正向毛泽东等人汇报："进城后，传言说，资本家和商人全是剥削阶级，要革他们的命，吓得这些商人买卖全不敢做了。"

朱德说："这不是个小问题。闹革命，我们天下第一；搞经济，我们可比不了他们。"

毛泽东举了一下手中的香烟，说："没了商贩，连香烟都买不到，还谈什么市场繁荣？要把人家请回来。"

刘少奇严肃地说："现阶段还不能消灭资本家，生产关系的改变不是过家家，不能胡来，一旦搞出了问题，那比在战场上打了败仗还糟糕。"

任弼时虚心地说："要有自知之明，这些事我们需要从头学起。"

周恩来走过来说："政治协商，协商的对象就是资产阶级政党和民主人士，我们是请人家来共同执政的，不是来消灭人家的。"

毛泽东皱着眉头说："这个问题必须明确，搞垮了人家，自己又不懂得经营生产，工厂倒闭，工人失业，这不是砸自己饭碗吗？这个饭碗我们刚刚端上，砸不得。"

1949年3月，中共中央迁往北平。北平南苑机场，社会各界及民主人士代表们在那里迎候着中共中央的车队。

毛泽东的汽车缓缓地驶入南苑机场，人群立马围住了毛泽东的汽车。傅作义亲自上前给毛泽东开门。毛泽东下车惊讶地看着大家，连忙对傅作义说："傅将军，不敢当啊。"

傅作义说："我曾经说过，兵败之日要为您牵马，今天我给您开门。"

"你没有败，败的人在南京。不要为我开门，要请大家帮助我

们打开新中国的大门。"毛泽东深情地对大家说。

随后，毛泽东和中央领导登上汽车，开始检阅部队。1949年4月20日，南京政府拒绝签署《国内和平协定》，谈判破裂。21日，渡江战役打响。中国人民解放军横渡长江，一举突破了国民党的长江防线。23日，人民解放军攻入南京，占领了国民党总统府。

1949年5月，人民解放军解放了上海。早上，宋庆龄公馆里，宋庆龄的秘书说："枪炮声响了一夜，现在总算停了。夫人，你好像没有休息好？"

宋庆龄说："我出去走走。"

街道上，疲劳的战士们一排排地睡在冰冷的马路上。宋庆龄被这一幕感动得热泪盈眶。

1949年6月，新政协会议筹备会在中南海勤政殿开幕。

中南海毛泽东办公室里，毛泽东会见了张澜和李济深，告诉他们："召开政协会议，成立中央人民政府，我们提议二位担任政府的副主席，我想当面听听二位的意见。"

"张澜听从安排。"毛泽东的话音刚落张澜就说。

毛泽东对李济深说："任公，有话要说？"

李济深不安地问道："这个提议，是你的意见？"

"是中共中央的意见。"毛泽东摇着头说。

李济深语气沉重地说："我杀过你们共产党人。"顿时整个屋子的气氛变得压抑起来，张澜也扭过头来看着毛泽东。

毛泽东开口说："此一时彼一时啊，如今我们是殊途同归。"

"可历史是无法改写的。"李济深说。

毛泽东真诚地回答："金无足赤，人无完人。个人的事再大也是小事，国家的事再小也是大事。为了新中国，任公代表民革出任政府的副主席，这是国家的事情。过去的事不再提了，今后中共愿与二位一起领导这个国家，肝胆相照，同舟共济，携手创造新的历史。"说完，毛泽东和李济深深情地将手握在了一起。

毛泽东、朱德和周恩来在一起讨论如何保证宋庆龄的安全问题。毛泽东说："她是我党在危难中最忠诚的朋友，新政协召开在即，没有她的到来，天缺一角。"朱德提议让中共中央委员、周恩来的夫人邓颖超去迎接宋庆龄。

北平火车站，宋庆龄乘坐的火车准时到达，毛泽东亲自登上火车。火车上，毛泽东给宋庆龄鞠了一躬并说："庆龄先生。"

宋庆龄忙说："润之，今非昔比，这可使不得。"

毛泽东说："旁人使不得，孙夫人使得。如今我党能够跟社会各界贤达在此共商建国大业，要感谢夫人的支持和帮助。夫人是国家和民族的功臣，也是我党的恩人。"

北京中南海怀仁堂，中国人民政治协商会议召开。毛泽东在主席台上发表演讲："诸位代表先生们，全国人民所渴望的政协会议，现在开幕了。现在的中国人民政治协商会议，是在完全新的基础之上召开的。它具有代表全国人民的性质，它获得全国人民的信任和拥护。因此，中国人民政治协商会议宣布，自己执行全国人民代表大会的职权。

"诸位代表先生们，我们有一个共同的感觉，这就是我们的工作将写在人类的历史上，它表明占（全世界）人口四分之一的中国人，从此站立起来了。

"中国的命运已经操在人民自己手里，中国就将如太阳升起在东方那样，以自己辉煌的光焰普照大地，迅速荡涤反动政府留下的污泥浊水，治好战争创伤，建立起一个崭新的、强盛的、名副其实的人民共和国。中华人民共和国万岁！民主联合政府万岁！全国人民大团结万岁！"

会场上响起了热烈的掌声，全场代表激动地站起来。

参加政治协商会议第一次全体会议的有中国共产党、中国国民党革命委员会、中国民主同盟、中国民主建国会、中国民主促进会、中国农工民主党、中国人民救国会、三民主义同志联合会、中国国民党民主促进会、中国致公党、九三学社、台湾民主自治同盟、无党派民主人士代表和各界代表576人。会议表决通过了具有新中国宪法性质的"共同纲领"，确立了新中国的国体、政体和治国方针。会议决定了国家的名称为中华人民共和国；北平改为北京，为共和国的国都；《义勇军进行曲》为代国歌；五星红旗为国旗；采用世界公元纪年，每年10月1日为国庆日。

在当选的56名中央人民政府委员当中，有27位是民主党派和无党派人士，占委员席位近半。会议选举毛泽东为中央人民政府主席，选举刘少奇、朱德、宋庆龄、李济深、张澜、高岗为副主席。

1949年10月1日，北京天安门广场，人山人海，彩旗飘扬，汇成一篇锦绣的山河。毛泽东、朱德等中央领导同志，登上天安门城楼。下午3点，毛泽东在天安门城楼上庄严宣布："中华人民共和国、中央人民政府，今天，成立了！"

五星红旗飘扬在天安门广场上方。

影评选粹

献礼大片·群星璀璨

《建国大业》描绘的是1945年重庆谈判至1949年开国大典这段波澜壮阔的历史画卷。作为新中国成立60周年的献礼片，影片主要围绕第一届中国人民政治协商会议召开的前前后后，描绘在以毛泽东为首的中共中央的号召下，各民主党派、各人民团体以及社会贤达为成立新的政府，为推翻国民党反动派的统治，召开政治协商会议的大事小情。

《建国大业》塑造了更加立体化的人物形象。影片第一次大胆地还原了历史人物的本来面貌，不再神话也不再脸谱化、概念化，而是通过一些小的细节故事，突出人物丰富的心理，使人物更加丰满、立体化，又不失真实性。这些人性化处理不仅没有损害领袖形象，反而使其更加血肉丰满，也更容易引起观众的认可。

饰演毛泽东的唐国强，无论是气质还是形象，甚至是年龄，都与当时的毛泽东异常契合；而张国立饰演的蒋介石可谓形神皆肖，演绎出这个人物形象、思想、情感的层次感。其他演员的戏份虽然不多，但都对自己的角色有出色的演绎。例如，陈坤饰演的蒋经国给观众展现出一个颇具军人气质的硬朗形象。

电影的创作团队云集了170余位明星，并创下4亿元人民币的票房新纪录。为主旋律电影开创了新天地、新思路。

影片在光线构思与设计上颇有创意。以毛泽东为代表的中国共产党及其领导的人民军队是以外景高反差直射阳光为主，所有涉及的内景都使用朝阳从窗户射入所产生的强烈光柱，给人朝气、希望、

生机、光明。与之相反，国民党反动派一方则显得低沉、阴暗，一派衰落崩溃之象。

精彩回放

影片最令人难忘的是领袖们醉酒的那一场。淮海战役胜利当晚，毛泽东等五位中央领导喝酒狂欢，一贯温文儒雅的周恩来，此时不顾形象，敞开领子大碗喝酒，高唱《国际歌》；微醺的毛泽东张着嘴，微笑着歪倒在一边，轻快的华尔兹背景音乐响起。电影让观众看到了更加真实的国家领袖人物的形象，令观众感觉影片很真实、自然。